仰慕其实是因为，你只敢想不敢做的事，别人成功了。

哈佛大学

· 美丽的查尔斯河畔，红色古堡，绿色屋顶、远山近水，蓝天倒映河中，流动的色彩，沉淀的神韵，哈佛大学在画中，画即是哈佛。

· 枫叶变红，一叶知秋，无数的年轻人从秋天走来，在哈佛校门前放下行李——他们的哈佛生活开始了。今年，我成了他们中的一员，虽然老了些。

哈佛肯尼迪学院

· 美国人喜欢肯尼迪，他们喜欢他的年轻、魅力，喜欢他微翘嘴角的自信乐观。1960年哈佛校友肯尼迪当选总统，将许多哈佛人才带进白宫。哈佛和肯尼迪的联系越来越深。

· 1963年肯尼迪遇刺身亡，为了纪念他，约翰·F.肯尼迪政府学院诞生。

名人墙

· 比尔·盖茨，1973年进入哈佛大学，1975年中途退学，和好友保罗·艾伦 (Paul Allen) 一起创建了微软帝国。1977年的毕业典礼上没有他。30年后，比尔·盖茨才拿到哈佛补发的学位证书。

· 2004年2月24日，扎克伯格在哈佛宿舍内发起Facebook。年底，扎克伯格从哈佛退学。短短数年间，Facebook风靡全世界，扎克伯格成为世界上最年轻的亿万富翁。

· 林书豪，哈佛高材生，绝对高富帅。2012年2月，他带领尼克斯队连赢7场比赛，吸引世界的目光，人称"林来疯"。成名只是一瞬间，在此之前没人能体会他的付出。

哈佛演讲

·哈佛毕业典礼@乔布斯：被苹果公司炒鱿鱼是我一生中最糟糕的事，也是最好的事。有时生活会当头给你一棒，就像我当初那样，不要灰心，你热爱的一切是支撑你勇往直前的力量。一定得知道自己喜欢什么，选择爱人如此，选择工作亦如此。

·哈佛的毕业典礼@J.K.罗琳：生命中必然存在失败，没有人可以永远成功，除非你像没活过一样小心求生——而这根本就是彻头彻尾的失败……生活是困难的，复杂的，超出任何人的控制。谦恭地认识到这一点将使你历经沧桑后活得更好。

·哈佛毕业典礼@第一位哈佛女校长德鲁·吉尔平·福斯特：人生很长，你总有时间给自己留后路，但不要一开始就走"后路"。这是职业选择的泊车理论——不要把车停在距离目的地20个路口的位置。目的地不会永远找不到停车位。

Content

目录

1 哈佛，为什么世界为你痴狂

2 书都不会读，还敢来哈佛

3 为什么哈佛要他，不要你

4 人生就像吃自助，没人不让你吃好的

编者序

趁一切还来得及

提到哈佛你会想到什么？

厉害的高材生！"豪小子"林书豪，四肢发达，头脑不简单，智商和身高成正比——不是盖的；盛产总统、精英、国际名人！8位总统，30多位普利策获奖人，40多位诺贝尔奖得主，不知道多少的一把手；辍学的世界首富！前有比尔·盖茨改变世界，后有扎克伯格影响时代。在校的，不在校的，只要是哈佛出来的都出手不凡。

自打国内品牌地产董事长、走遍世界两极和七大高峰的王石60岁问道哈佛后，哈佛又和"再造重生"有了瓜葛。不管是年轻人还是中老年，哈佛走一趟，出来后都是高材生。

哈佛神了!

可是,哈佛学生为什么这么高?哈佛为什么这么神?他们到底有什么与众不同?话不多说,先讲个故事。

话说,一个哈佛博士生跟王石说:"王总,我毕业后打算回国创业。"

"嗯,想法不错。"王总肯定。

"但在此之前,我要上《非诚勿扰》找对象。"

"啊?"王总诧异。

找对象?还是上电视找对象?就女嘉宾那毒舌、鹰眼,哈佛博士能全身而退吗?牵手成功恐怕比登珠峰还难两个度。于是王石问:"找对象没错,可为什么要上《非诚勿扰》呢?"

这个哈佛博士解释说:"我计算了一下,参加《非诚勿扰》大概需要20分钟,按照这个节目的收视率和广告费用换算,20分钟相当于两百万。也就是说,我没花一分钱就做了个价值200万的广告。以后不用我自我介绍,别人就会说我认识你，你就是那个上《非诚勿扰》的谁谁。我的名气就这么散播出去了，既省钱，又省时，20分钟宣传性价比无比高，我公司的路一下子就宽了。

另外，我上《非诚勿扰》就是想告诉全世界，我想谈恋爱。能不能在20分钟内搞定根本不重要。诱饵撒出去了，终究会有鱼上钩的。"

瞧瞧，这就是哈佛毕业生的思维。

20分钟，公司广告宣传，个人形象宣传，创业、找对象两不误。他这是在赚钱呀。节省下来的宣传成本、时间成本，短时间内创造出的影响力，就是他赚到的钱。

王总还有什么好说的，只能说："好！"

很快，对象找到了，婚结了，事业起了，孩子有了。耗时不到一年。

这就是哈佛人的思维逻辑，这就是哈佛人的速度，这就是哈佛学生的与众不同。哈佛校园里，如此奇葩数见不鲜。年轻人，你拼得起吗?

　　每个人都年轻过，青春可以供任何一个人怀念、缅怀。但同样十年，不同人的青春的含金量可以有天壤之别。利用三俗相亲节目推销自己，可不是一般年轻人能有的战略。可是如若你问他，提到哈佛你想到什么，他也会给出与众不同的回答：苦。

　　要说哈佛这样的一流大学与其他学校有什么不同的话，那就是二流大学教你是什么，一流大学引导你探索为什么、怎么办。二流大学给你鱼，一流大学给你鱼竿。同样的四年大学，有些大学可能会是慢慢升温直到烫死你的水，让你变成青蛙；哈佛大学是让你有溺死危险的大河，把你培养成游泳健将。正是因为这样，在哈佛求学注定是苦的。

　　作者客居哈佛两年，兼职学生、记者，揭开哈佛光环的一角，看见一个让她悔恨、汗颜的哈佛：努力的天才太多，一不小心就会垫底；要读的书太多，一天不读书，落人千日；忙到没时间吃午饭，叼着三明治听演讲……见证，讲述，薄薄的一本书，不只是在说哈佛如何一流，更主要的，她在诉说人生。时间不容倒带，假如易成谶语。不可能每个人都在哈佛，但是每个人都可以利用哈佛模式，像一流人才那样思考，满身正能量地努力，养成优秀的习惯。

趁着青春还在，有时间，有精力，有梦，找到自己真心喜欢的，无论是恋人还是工作，全力以赴。别等老了再感慨，除非你像王石王总那样有钱，或者你像作者这样走运，可以砸钱在哈佛缅怀青春。

自序

改变来得迟了些，
但还不晚

　　成绩第一名的毕业生、SAT考高分的学生、学生会会长、运动代表队种子选手……全国，乃至全世界的人才，都竭尽全力想入驻这里——这里是很多人梦寐以求的地方。

　　各种能人天才在这里经历一番苦读、竞争，踏入社会，或者重新回到职场，身价升值——这里是自我提升的中转站。

　　这里是哪儿？是哈佛大学——世界著名的教育殿堂。

　　经历十年的职场生活后，突发奇想——重回学校读书。心想事成，1999年，我利用公司补助的研习机会进入哈佛大学肯尼迪学院。当时只想快乐地读书，把休息十年的空白脑袋好好填满。成绩是最后一名还是第一名，都没关系，反正是公司出学费。

不过，侥幸的想法在学期一开始就完全幻灭了。

哈佛校园充满一股"如果不想读书，干脆别来"的气氛，考试和作业多如牛毛。如果周围的人都跑得飞快，你的速度也不会太慢。去哈佛没多久，我就成了一个被考试和作业追赶，为分数而焦虑的学生。背着大书包，汗流浃背地在校园里奔波，让人不禁感叹："我要是十年前有这么用功，现在的成就一定不得了！哪儿还用受这份罪？"

为了应付哈佛的考试、作业，我将过去学生时代的救命法宝统统拿了出来。结果，结果，全部失效！

上课不发言，不懂不问，以为怎么也可以混个中等成绩，结果却被当成傻瓜；没有计划地读书，让我的学期末报告和成绩都垫底；临时抱佛脚让我在最后一刻大溃败。平常认真的同学，到最后一刻加倍用功，这时，你想突击，别说中等成绩，能及格就算不错了。

尝过苦头之后，我终于领悟：在哈佛读书应该要用"哈佛模式"来一决胜负。哈佛首重均衡的自我管理，在读书、课外活动和服务活动等各方面，尽力做到最好，然后从中培养耐力和规划能力。这也需要效率，所以自己会摸索出一套属于自己的"模式"，同时也会体认到"自我管理"的方法。

哈佛鼓励学生发挥创意、做与众不同的思考，另一方面，学生必须完成最低的任务量。不过所谓的"最低"，其实是一般学生要拼命用功才能跟上的水平，学生必须懂得将这个"最低的任务视为"虽然困难，但却值得一试的愉快挑战"。

哈佛学生拥有别人所没有的东西，那就是——看似自由，却可以专注在一件事情上面的能耐，也就是说，必须"思考很自由，但生活很严谨"。当你看到一个学生每天专心念十二至十三小时的书时，不只是惊讶而已，根本就是恐怖。如果自己具有这样的能力，自然就会养成习惯，把同一件事做得比别人还好。

历经哈佛的一番磨练后，会变得不再害怕。例如：全新的事物，意外的变化，成堆的必读书目，和比我聪明一百倍的人争论，与具有雄厚潜力的同学竞争，考试不及格，以及各种失败的可能性等等。在哈佛，学到的比读书更重要的一件事，就是"不再害怕"，而且有勇气可以坦然面对未来的各种义务与责任。

从某种角度来看，哈佛所提供的最好教育并不是用头脑读书，而是大幅提升你的自信。只有聪明还不够，还要具备坚忍不拔的气质、可以同时做好多件事情的自我管理能力，以及在激烈竞争下还能体贴别人的胸襟。如果想在哈佛成功地存活下来，一定要把"哈佛模式"深深地植入身体、心里和脑海里。哈佛模式将是你生平维持自我竞争力的最佳资产。

在哈佛求学，改变了我读书学习的态度。读书并不是"把东西塞入脑中"，而是"把习惯带在身上"。我在国内念书时，读书是蜻蜓点水式，分数也是差不多及格就可以了，日子常常是得过且过。见识到哈佛的读书模式后，我才意识到自己曾经只是有技巧地回避读书而已，完全不会助人养成细致、有效的读书习惯。所以，读过的东西才会在毕业后忘得一干二净。正因为过去的几十年里，读书、学习的好习惯没养起来，所以在哈佛的求学时期才会辛苦不堪，同时也更弥足珍贵。

哈佛绝对不是一个自由、和平的象牙塔，那里充满了各种挑战。当然还是有学生会选择摸鱼打混，除了精英、天才之外，也有学生因压力过重而罹患忧郁症的，甚至还有学生轻生。

哈佛的教育并不只在于读书，而是有一套完整的规划，在娱乐、休息、学习等方面进行严格的自我训练，才可能过充实的大学生活。懂得支配时间的人，才能得到最后的胜利，懂得自我控制的人，才会更早学习到如何支配他人。

在哈佛2年，我一面是学生，一面是在哈佛感受、观察的记者。这是一本念过4年大学、混迹职场10年、在哈佛身经730天地狱磨炼的记者写下的见闻录。

哈佛的日子很辛苦，却真挚而有趣。一边写作，一边回忆哈佛时光，真是一件快乐的事。希望读这本书的读者，也能一同分享这样的快乐。在此，也要对一直给予我鼓励及快乐的许多朋友，致上谢意。

2007年春

1 哈佛，
为什么世界为你痴狂

- 学习成绩没得说，做人却很有问题的人，不在哈佛的考虑范围内。他们想培养出比尔·盖茨那样的人才——不仅自己成功，还能改变世界。

- 资源利用不好等于资源浪费。哈佛固然是股强大的水流可以带你去远方，但是你自己不会游泳，"生还"的几率会很低。

- 进入社会，你们要有所贡献，别让哈佛成为你们人生中绝无仅有的巅峰。你们的人生不应该止步于此，哈佛只不过是个开始。

- 哈佛学生也是人，也要和别人竞争，通过实力获得认可。这个过程非常痛苦，而且不可跳过。

- 美国是个对金钱计算精准的国家，如果花了那么多钱读书，毕业后却找不到工作，哈佛早关门歇业了。

如果不能独占鳌头，便是失败

"哈佛有一项传统：'如果我不能独占鳌头，便是失败。'然而，在哈佛，想脱颖而出没那么容易。"（罗希乔夫拉，2004年哈佛毕业生）

——《支配哈佛》，理查德·布莱德利

八月下旬，剑桥摆脱漫长夏日的悠闲、懒散，像台保养良好的机器，准备开始发动了。枫叶迫不及待地变红，整个城市一夜间变得多彩。到了九月，空气中混合着好奇、热情与恐惧，让呼吸都变得有了回味。

在波士顿一带总共有超过一百所大学，在美不胜收的季节，朝气蓬勃的大学新生如潮水般涌入这个城市，进入不同的大学校门。漫长而无聊的暑假反而让新生对新学期充满期待，好不容易挨到八月下旬假期结束，学生就迫不及待地来到哈佛。装满各种生活用品的汽车停在宿舍门口，行李箱一个比一个大，手拿地图、四处张望的学生，和孩子拥吻的父母，到处都是。

那些开学较晚的老生，会欣微笑，好像在说："我们当初也是这样，不过没关系，陌生和害怕都会过去的！"就这样，秋天带着新的旅途，悄然而至。

当地人说"波士顿"时会把重音放在"波"字上，乍一听他们好像在说"巴——士顿"。后来我搬到华盛顿住，每次念"巴士顿"时都会被人取笑："你在波士顿喝错水啦？"那时我才发现，原来波士顿口音会被其他地区当成笑料。

除了口音之外，辨别"波士顿人"还有如下几条可参考：

第一点，穿着印有"Harvord"大字的T恤在街上得瑟的人不是波士顿本地人。你穿着哈佛招牌四处晃悠没关系，不过别误会波士顿人礼貌式的微笑。他们的潜台词是："哟，这个土包子！"你是不是哈佛的学生，波士顿人一点都不关心。

第二点，搭车去波士顿大学（Boston University）的波士顿人会说去"BU"。如果你字正腔圆地说"Boston University"，那么，狡猾的司机一下就会把你当成外乡人，甚至可能故意把你载到波士顿学院（Boston College）去，你就永远到不了Boston University。

波士顿人欺生只是偶然事件，大多数波士顿人面对那些信心满满，对未来充满期待的哈佛新生，还是下不去手的。

哈佛大学是一所以研究所为重心的大学，但研究员可不算哈佛生，只有大学部的学生才算名副其实的哈佛生。

大学部的学生最常去的是拉蒙特图书馆。在韩国上高中时，学校那间幽暗的图书室着实让人苦闷，当时我最渴望的就是能在像拉蒙特这样的图书馆里读书。丰富的图书自然不用说，书多是必须的，重要的还是图书馆里自由的学习氛围。学生们或倒在沙发上看书，或三五成群地交流讨论，或一丝不苟地啃着大部头。

这才叫图书馆呀！只有这样的图书馆才能配得上哈佛大学。

哈佛的大多数图书馆都在晚上10点闭馆。卡伯特科学图书馆和法学院图书馆开到午夜12点。拉蒙特是哈佛唯一通宵开放的图书馆（每周一至周五，拉蒙特24小时开放）。

下午6点，晚餐时间到。6点一到，学生像退潮的浪头般离开图书馆，七点半左右又会如涨潮般回归。没有人干涉他们如何安排时间，但他们每个人都有明确的计划并认真执行着。

看着他们从书堆里起身，或独自，或结伴，走出图书馆，我不禁在想，到底什么样的人才能进入哈佛？他们的心里都在想些什么呢？

进入正题前，先来看看哈佛教育研究所教授理查德·莱特的著作《哈佛经验》，这本书向我们展示了哈佛学生的生活、学习常态。

通常哈佛学生一学期要修四个科目，人文社会学的学生大概每周上十二个小时的课，自然科学的学生因为要做实验，所以会多出六个小时。总体来说，几乎每个学生一星期都要有十二到十八个课时。如果把写作业的时间、预习和复习的时间算上，这个数字可上升到三十个小时。

除了上课、学习之外，大部分的学生对课外活动都比较积极。女生参加课外活动的比例为76%，男生为86%。70%的学生会参加两到三种活动，还有14%的学生会同时参加四五种课外活动。另外，还有不少学生会选择做义工。

我在上中文课时认识了珍妮，一个文静的乖乖女，认真学习的模范生。九月份，她从得州的圣安东尼奥来到剑桥市，正式成为一名哈佛新生。

放下行李后，住宿问题是新生必须要考虑的一件大事。哈佛宿舍有很多类型，珍妮所住的是一户有三间卧室的小公寓，由三个人共享。歪斜的屋顶之下，小小的房间被床、书桌、小橱柜和书架塞得满满的，每一个房间都一样：小而拥挤。从共享的客厅窗户往外看，可以看到热闹喧嚣的哈佛广场和马萨诸塞大道。

说起来，这个公寓的名字还有些玄幻，威格斯沃思（Wigglesworth），听起来很像《哈利·波特》里出现的魔法学校。珍妮将在这里度过她在哈佛的第一年。

有许多美国人一生都未离开过自己所居住的州。身为一个得州人，从出生之日起到进入哈佛大学前，珍妮到过的最远的地方也没超出过得州。她陪着父亲打猎，读着母亲推荐的书，与小她两岁的弟弟相依相伴，生活平静、简单而乐趣无限。对这样的她来说，来哈佛大学读书无异于冒险，既兴奋又陌生。

来到哈佛之前，珍妮只听说哈佛是一个可以见识到"真正美国"的地方。若较起真来，哈佛所在的新英格兰地区确实对得起这个说法。想当年，英国移民漂洋过海在美洲登陆时，新英格兰是他们的第一个定居地。

哈佛一年约录取一千六百名学生，相较于美国的版图，这扇大门实在窄得可怜，因此，不少哈佛生都是某高中"有史以来首位哈佛生"，或是"相隔十年才出现的哈佛生"，珍妮也是如此。她是母校三百三十二名应届毕业生中唯一一个被哈佛录取的人。

珍妮的爷爷和父亲都是军人，受他们的影响，她很想成为一名军人。所以当初申请学校的时候，除了哈佛之外，西点军校是她最理想的选择。

"西点军校，军人的摇篮，那是我做梦都想去的地方。至于哈佛，我不过是碰碰运气罢了。可是收到哈佛的offer时，我的想法变了。反正从哈佛毕业之后也还可以当军人，为什么不去呢？我喜欢读书。我想知道，如果在大学里好好用功将来我会变成一个怎样的人，所以，我选择了哈佛。"

究竟是什么，让哈佛大学对珍妮青睐有加呢？

"其实，连我自己都没想过有一天会在众多竞争者中脱颖而出，真是太神奇了。高中时我担任过啦啦队队长，担任过学生会干部，SAT的成绩也很好。估计这些对我进入哈佛多少都会有些帮助吧？因为，哈佛是所注重综合素质的学校，它不太喜欢书呆子。来到哈佛后，和同学聊天，我发现大家都各有所长，但他们并不止于追求把一件事做到最好，'去经历，去学习'，经验才是最重要的。"

入学后，珍妮最感兴趣的科目是物理，并打算专攻物理。原本想让女儿从军的父母，也尊重珍妮的想法，现在他们希望自己的女儿能够当医生。不过，珍妮对生物完全不感兴趣，她应该不会选择医学院。

新学期开始还不到一个月，珍妮就已经感觉到读书的压力了。她不清楚其他学生的实力，总是质疑自己的水平，担心自己的坚持是不是有意义。好在珍妮是个乐观向上的姑娘，所以这些想法并没有影响她对未来充满希望。

当我问她"以后想做什么"时，珍妮这样回答：

"不管干什么，我都想当个'领导者'。把自己的事做到最好，然后说服别人跟随自己，一起为着某个目标前行，领导者就该是这样的吧？我觉得比尔·盖茨了不起的地方不在于他赚了多少的钱，而在于他提供给人们多少灵感。如果没有比尔·盖茨，就不会有后来那么多人的成功。"

"要怎么做才能成功呢？"

"有实力，有才华，不打无准备之仗，这样应该可以成功吧？"

当问到什么才是成功时，珍妮稍微犹豫了一下。

"成为想成为的人，做想做的事，这就是成功吧？"

珍妮的回答让我赞叹，不到二十岁就懂得这些，真让人惊讶。能对成功下如此的定义，代表她的心智已完成了她那个年龄应有的成长。

哈佛是精英的摇篮，开朗、健康、充满活力、具有使命感的人是哈佛青睐的对象。学习成绩没得说，做人却很有问题的人，不在哈佛的考虑范围内。他们想培养出比尔·盖茨那样的人才——不仅自己成功，还能带领他人一起成功，改变世界。或许，哈佛的入学审查委员们已经从珍妮身上发现了这种潜质吧。

哈佛这条大河，
所有人都在自学游泳

在哈佛，有两个"home"你必须克服，一个是homework，一个是homesick。想当年，我也是一边抹着眼泪，一边认真做着作业，才读完哈佛的。

——厄瓜多尔总统哈米尔·马华德（1998—2000年在任）

曾任厄瓜多尔总统的哈米尔·马华德曾就读于哈佛，他在母校的一次演讲中曾说道：

"在哈佛，有两个'home'你必须克服，一个是homework，一个是homesick。想当年，我也是一边抹着眼泪，一边认真做着作业，才读完哈佛的。毕业十年后，我当上了总统。各位有什么梦想的话，一定也可以实现。"

学生们听了拍手大笑道："好，很好！忍吧，忍受别人不能忍受的，直到当上总统为止！"

此后不到十年，马华德的预言成真，2006年当选的墨西哥总统就诞生自这群笑得最欢的观众中，他就是赖斯·贾德隆。

贾德隆曾是墨西哥的风云人物，参选败北后来到哈佛留学。选举是没有硝烟的战争，从来不可能平心静气。每次班级聚会，我们都像狂热的粉丝，高喊着"贾德隆，当总统"的口号。天知道当贾德隆当选的消息传来时，我为什么会欣喜若狂得好像中大奖一样。

还记得那个预言家马华德总统么？我曾经采访过他。当我把这个问题抛给他的时候，他没有急着回答，先将了我一军。

"你知道世界上哪个城市的宗教味道最浓么？"

"嗯，耶路撒冷？罗马？不然就是印度的某个城市。"

他一边笑，一边摇头。

"这里，剑桥！"

"为什么是剑桥？"

"因为哈佛人全都认为自己是'神'。"

可不是吗？想起哈佛学生自信满满的模样，我忍不住大笑一声。马华德意犹未尽，说："相比之下，哈佛神学院反而是'宗教味'最淡薄的。起码那里的学生不会认为自己是神。"

我们心有灵犀，不怀好意地笑着。

哈佛人的傲慢简直成了他们的标签，别说是外国人，就连其他地区的美国人都对波士顿人的冷漠不敢恭维，一说到波士顿，就感慨一句"啊，那个波士顿人呀"，让人弄不明白这话几个意思。哈佛大学像太阳，滚烫得让人不敢直视，波士顿简直是骄傲的代名词，美国人民都不怎么待见它。

根据我的直观经验判断，美国西南部的人似乎比东北部的人更亲切。东北部的人无论做什么，都和他们那里的天气一样，清醒冷静。我住在波士顿时，还以为所有的美国人都是这样"理智"呢，结果发现根本不是。华盛顿距离波士顿只有八个小时的车程，但华盛顿人的热情简直让我招架不住。后来等我到了更远一点的北卡罗来纳州，才发现华盛顿人的热情还略逊一筹。比起南美洲的人，美国人民的热情都不算什么了。马华德就是代表，那是美国人根本学不来的天赋。

不过，马华德的仕途却不怎么顺利，他当选厄瓜多尔总统，因为军事政变的缘故提早下台。之后他以研究员的身份重返哈佛进修。这下，哈佛的学生们可有话说了：

"看来，哈佛不仅负责培养，还负责回收呢。"

"教授教的东西好像对当总统来说不怎么实用呀。不过，哈佛的售后服务不错嘛，瞧瞧，现在不是上门维修了吗？"

哈佛学生对于他人的事情终归不是太感冒，这些调侃没过几天就被同学们在茶余饭后消化干净了。在哈佛太八卦，课业肯定落后。与其把宝贵的时间浪费在没有意义的事情上，不如多花心思在自己身上。做好自己，认真过每一天，比什么都重要。

哈佛像一个设置齐全的王国，四年制大学部、各种研究所构成了它整个系统，企管、牙医、设计、医学、神学、教育、法学、行政、保健政策等等，让人眼花缭乱。王国里的子民更是人数众多，研究生约有一万三千名，本科生近六千七百名。讲课阵容强大，人数可达二千三百名，雇用职员人数约九千五百名。在马萨诸塞州，哈佛的雇用人数排名第五。

哈佛推广学院（Extension School，类似一般大学所开设的终身教育班）的学生人数几乎达到一年一万三千。不仅如此，各研究所都开设了学费昂贵的短期课程，每年在此研修的人数超过数千名。要想在这附近租到便宜房子简直是白日做梦，波士顿也因此与纽约、洛杉矶三足鼎立，成为全美生活费最高的城市之一。

比起哈佛的名声在外，它的所在地剑桥却是一座外貌相当纯朴的小城。波士顿市区虽然有不少高楼大厦，但在剑桥这里，高的不是那些建筑，而是这里人的智商。你想想，哈佛和MIT——未来总统、诺贝尔奖得主、大企业的CEO的摇篮——全在这里，全美的精英几乎都聚集在这里，随便拉出个人来，智商都超出普通人。甚至有人开玩笑说，这里的人一起开个会，就能轻松搞定美国总统四年里要做的所有事。

不过，说实话，像这样的大学，美国有的是。排行前十的美国名校各领风骚，想机械地排出名次来是不可能的，也是毫无意义的。但不管怎样排名，"哈佛"两个字就等于"卓越"，地位无法撼动。这都是哈佛在几百年的风雨中，坚持自己的立场和原则，当之无愧的结果。对于自己的声誉，哈佛费尽心血加以保护和管理。

形容哈佛，什么词都不为过，它在知识界就是恐龙，既巨大又稀有。不过，我更愿意将它比作一条大河。这个比喻是一个朋友告诉我的。他从哈佛毕业后，继续在哈佛攻读博士。他说，哈佛这条河，资源丰富，奔流不息。在这条河里，所有人都在自学游泳，摸索着适合自己的游泳姿势。

仔细想来，这个说法还真是贴切。庞大杰出的学者阵容、从激烈竞争中脱颖而出的优秀学生、巨额的校务基金、高精尖的研究设施、1550万卷藏书（现在肯定不止这个数字）的图书馆、自由且充满热忱的学术研究气氛、遍布海内外的强大人脉、从世界各地涌入的精英留学生……这一切都是哈佛之所以成为哈佛的资源。

但是资源利用不好等于没利用，甚至可以说是浪费。哈佛固然是股强大的水流，可以带你去远方，但是你自己不会游泳，或游泳姿势不对，"生还"的几率依旧很低。在哈佛这条大河里，学会游泳，找到属于自己的那种游泳姿势，才能如鱼得水，畅快淋漓。

别让哈佛成为
你人生中绝无仅有的巅峰

> 无论我在哪方面获得成功，那都是我的运气；我知道，
> 成功意味着更多的责任和义务。
>
> ——《记得你是谁》，前哈佛大学教授贾杰柯马尔

大学学长来波士顿出差，约地点碰面时，我不自觉地说："我们学校门口有一家甜甜圈店，就约在那里吧。"

学长立刻咆哮："什么？我们？哈佛什么时候成了我——们——学校了？"他故意在"我们学校"四个字上拉长了音调。很明显，我被鄙视了。

不过说实在的，我对哈佛还真没什么强烈的归属感。昂贵的注册费一分不差地交了，学生证也领了，可知道我拿到学位时，我依然不能自觉而自然地站到"哈佛毕业生"的队列里。这就好比买了一双很华丽的鞋子，虽然一时心动，可真要穿的时候，总觉得它不适合走在大街上。说到底，我不是彻头彻尾

的哈佛学生。

在哈佛上课，总是能听到教授们鼓励学生要以身为"哈佛学生"而自豪，他们习惯性地把"因为你们是哈佛学生""身为哈佛学生"等挂在嘴边。

有位教授说过："各位写文章总是爱用'I think'开头。如果不是你在想，那你写文章干什么？以后不要这样写了，哈佛的学生不写这种东西！"

有一次下课，教授说："进入社会，你们要有所贡献，别让哈佛成为你们人生中绝无仅有的巅峰，你们的人生不应该止步于此，哈佛只不过是个开始。"

这不是哈佛的自恋，而是身份的认同。让学生为自己的学校骄傲，是哈佛品牌管理的第一步，哈佛希望借此制造出兼具实力和自信的"真正哈佛人"。好吧，我可能确实不太像真正的哈佛人。真正的哈佛人遭遇我的情况时，会有力地回过去，义正词严地告诉对方：你不够资格鄙视我，因为我是哈佛人。

哈佛学生理直气壮地骄傲，也理直气壮地说"不懂"、"不会"。这一点，着实让我大跌眼镜。刚入学的时候，哈佛课堂的活跃程度就够让我惊讶了，没想到更惊讶的还在后头。

哈佛学生很爱提问，爱提各种离谱的问题。有时听了他们的提问，我都会不禁鄙视，心想"连这都不会"。这也就算了，关键是，无论问题多离谱，教授都会给予尊重，认真解答，有时还会称赞离谱的问题："嗯，好问题！"而这些爱动歪脑筋的怪咖，到期末的时候，会有让人更为惊讶的进步。

一起上个体经济学的卡兰就是一个例子。他好像每堂课都有很多疑点，然后会不断提问，问到别人会在暗地里埋怨他耽误课程进度。可结果呢，卡兰的期末报告视角独到，令人赞不绝口。可见，知道自己几斤几两，不妄自尊大，实在是件很重要的事。

坐在哈佛教室里，我常会想起我本科的时候。那时候，警告的声音远远多过鼓励声。几乎没有人鼓励我们为自己的学校自豪，更多的人会说"再优秀的学生也可能被社会抛弃"。害得我自打踏出校门的那一刻，就开始为"被社会抛弃"的问题忧心忡忡了。

在哈佛上课，你需要聆听的不仅仅是教授的指导，学生讨论里也有丰富的营养知识。想法的碰撞是奇妙的化学反应，更能激起你的大脑产生火花，甚至比听课来得更加直接、有效。

如果你认为课程只能在教室里上那就大错特错了。在哈佛，随时都有世界知名人士来给你讲点什么。像是约旦胡笙国王谈中东的和平问题，约翰·梅杰对他担任英国首相时期的回顾，美国贸易代表署的夏林巴塞夫斯基谈美国对中国的贸易政策等等。

"这星期谁演讲"是哈佛学生关注的话题。听演讲是一个可以和世界各个领域的精英零距离接触的绝佳机会。这可比仅仅在课堂上学习有用多了。学生能通过讲座，进一步了解和认识现实世界。

幸亏哈佛是一所吸引力足够的学校，不然哪里会有那么多知名人士乐意前来呢。

想要保证学校高速运转，雄厚的财力和老练的经营是不可缺少的。这一点，哈佛毫无压力。

举个例子，肯尼迪学院有一堂课叫"美国政府与企业的关系"，这堂课共有三名助教，学生们上课时，助教也不得闲，他们要仔细确认学生发表的报告，同时整理上课的内容。如果你想要辅导，找助教；或者有些问题需要解决，找助教；你想要课堂录像，找助教；甚至，为了获得更实用有效的案例，你想邀请华盛顿高层官员专程来讲课，你依然可以跟助教提。

大学部有一门经济学课程，学生被分成十五人一组，助教每周辅导一次，不仅带领学生复习旧内容，还负责答疑解惑。考试前，还会整理以往考过的题目，发给大家，一一讲解说明。遇到一个负责任的助教，固然幸运，但是对我来说，其实麻烦不少。

助教发的材料很多，有时多到我不知怎么整理。可偏偏我又是一个不怎么擅长整理的人。我曾经对一个老乡抱怨："为什么人家美国学生整理起资料来得心应手，我就不行？"他只是耸耸肩，觉得我的问题弱爆了。

"多新鲜！你要是从小养成整理资料的习惯，你也能做到。韩国教授什么时候给过我们这么多资料，还不是照本宣科，一本书没讲完就不了了之。资料整理是个童子功，你不行很正常。"

一点没错，虽然是十年前的事，但我在上大学时，确实从没收到过那么多、那么难整理的资料。实际上，整理的意识和能力从小就没培养起来。

在哈佛，学生和教授都可以尽情表现自己。在平常人看来，挂着鼻环、奇装异服，多半都是坏学生。你经常可以在图书馆里看到这些"坏学生"认真地啃着书本，预习下周的课程，他们不敢不完成作业，也不敢不去读书。

刚开始的时候，我也纳闷。不过后来我明白了。没有限制的自由不是真正的自由。看上去哈佛好像任由学生发展，但实际上，他们规定了一条不能触及的高压线，只要在安全范围内，随你高兴，想怎样成长就怎样成长。

只要踏进哈佛的图书馆，就算你再反感，也得接受哈佛的改造，这是基本前提，不可违逆，就算在这个快速旋转的摩天轮上坐到头晕眼花，恶心呕吐，也得坚持下来，直到适应为止，这很痛苦，但不可或缺。

一旦适应了哈佛的生活节奏，顺利毕业多半不成问题。当然任何学校，不分什么等级，总有几个是校方不愿意让校外人士知道的，比如留级的学生、得抑郁症的学生、自杀的学生。如果想在哈佛得到真正的自由，就必须尽到学生的本分。成为一个合格的学生，才能得到你想要的。

哈佛投资你的未来

各位之中也许有人怀疑："是不是因为学校看错了，才会让我进哈佛。我书念得马马虎虎，论文写得也不好，所以肯定是学校出问题了。"这些都是毫无理由的不安。在哈佛，录取工作是由最优秀的职员负责的，不可能会发生错误。各位在未来四年里就将证明这一切。

——2003年9月，比尔·寇比，哈佛人文科学院院长

虽然还是秋天，可我实在没有心情欣赏剑桥的美景，因为实在太冷。我早早地就把大衣裹在了身上。有天早上，我哆哆嗦嗦地走在去上课的路上，有群姑娘从体育馆里出来，打我身边经过——她们居然穿着短袖T恤和短裤，一个个嘴里冒着哈气，专注地跑着步。虽然我上课的地方离宿舍很近，但我打死也不敢少穿一点就出门，否则我一定会感冒。

美国的大学城从来不缺朝气蓬勃的年轻人，他们的热情和干劲让整个校园都显得年轻了。若有所思、步伐有力的学生，

总会带给人们无穷的力量。

所谓哈佛大学，并不仅仅指大学部，还包括了所有的研究机构。通常人们所说的"哈佛"，指的是大学部的哈佛学院。无论是四年制的大学生，还是短期培训的学员，或者是花七八年时间攻读博士的人，都叫"哈佛毕业生"，他们都是哈佛的校友，毫无疑问。

不过只有大学部本科生才能体验到什么是真正的哈佛。想想看，大学和研究所，还有短期课程都不一样，它并不专注于某一领域，也不是单纯的职业训练场所，大学四年应该是广泛吸收营养的阶段。并且，也只有本科生依然拥有着对理想的执着，甚至天真。人在二十多岁的时候，他所处的环境，学习到的知识，对人生具有重大作用。

《美国新闻与世界报导》每年都会给美国私立大学排个名。2006年夺得首位的是普林斯顿大学，哈佛紧跟其后，排在第二。不过和第一名比起来，第二名只有一分微小的差距。另外一些名校也不甘示弱，耶鲁大学、加州理工学院、斯坦福大学、麻省理工学院并列第四。宾州大学和杜克大学紧接在后，分别名列第七和第八。

排名依照每位教授的教学人数、财政状况、名气、毕业率等变数综合评定。看上去很公平，但经常遭到质疑。尽管每年都会有新的学校上榜，但第一集团军的变化基本不大。尤其是头几名的学校，争夺第一的热情永不减退。《大西洋月刊》曾经以自定义的新标准给大学排行，但排名次序基本不变。

近些年来，想进哈佛越来越难了，学生们的竞争几乎到了"刺刀见红"的地步。要进哈佛会读书是必须的，最好能当学生干部，培养领导气质，能演奏一两门乐器也是有必要的，但是也不能头脑发达四肢简单，运动也要在行，最关键的，要写一手好文章。总之，一定要与众不同，才有可能得到哈佛的青睐。

现在美国妈妈的育儿经，基本上都是怎么把孩子送进哈佛。这些热心的妈妈会把哈佛的录取标准当做圣经，一板一眼地教育孩子，但是又不能让自己的孩子和别人一样，于是她们绞尽脑汁寻求出奇制胜之道。这样一来，精英学生越来越多，优势如今不再是优势，想进哈佛难如登天。很多传统意义上的好学生，根本就不知道自己为什么落榜，难道，哈佛的录取标准又有了新调整？

其实，哈佛的录取更像是一门艺术，录取工作考虑更多的是除考试成绩以外的那些变量。曾经有一位教授说，学生在推荐信里所展现出来的品质，包括他的可塑性、潜力与个性，都是他们衡量的标准，只有各个方面都达到要求的，才有可能进入哈佛。

哈佛的学生来自世界各地，录取率十分之一，有时稍高一点。这个数字不算低，但面对如此众多的优秀学生，再高的录取率也改变不了千军万马过独木桥的事实。

想要进入哈佛，首先你要考一个"变态"的分数，各科SAT成绩要在六百分到八百分之间。高分数之外，你还必须拥有哈佛学生的特质：活力四射、动机强烈，同时也充满热情。哈佛与学生之间的选择是双向的。校方不会只给予，还要考虑学生能为哈佛贡献什么。总之，每年的哈佛新生，几乎囊括了你能想到的好学生的所有品质，他们充满正能量，积极向上，互相影响和鼓励，是一个不可战胜的群体。哈佛卧虎藏龙，人才济济，数学天才，音乐家，运动员，甚至堪比作家的文学青年，比比皆是。

世界各地的人才，哈佛敞开怀抱欢迎。2005年的数据显示，就读于哈佛的亚裔学生占18%，黑人和拉丁裔各占8%，美国以外的国家的学生占9%。如此分配不均，自然会让一些人心理不平衡，凭什么你亚洲学生录取的比例高出那么多呢（他们显然没有考虑到亚洲的总人口数）？2007年初《华尔街日报》曾报道说，美国名校陆续传出成绩优异的亚裔学生落榜的消息。估计，校方也是出于避嫌的考虑，想要将亚洲学生的录取比例限制在一定范围内。

报道中提到，以前犹太人也遭到过这种限制，而正是因为这种制约，导致了亚裔学生之间的竞争更加激烈。除了美籍韩裔学生之外，韩国本土的学生申请人数也在增加，这就让迈向哈佛的路更遥远，更险峻。

世代相传的哈佛狂热症

为什么不能是我这种人，他们有什么特别之处，是因为他们的出身吗？我尽力拼搏，不让自己沦落到社会底层，如果我更加努力呢？我和他们之间的隔膜，触手可及。

——《风雨哈佛路》，丽兹

韩国人一直自诩韩国母亲是世界上对教育最狂热的人。这怎么可能？有哪位母亲不重视孩子的教育问题呢。可怜天下父母心，千方百计想将子女送进好学校。美国的父母看上去教育宽松，可实际上，他们疯狂起来，不输给任何一个国家的父母。

美国不像韩国有补习班专车，连公交车也很少见，当自家孩子要去参加什么活动时，都必须由父母接送。被称为soccer mom的超级妈咪一手握着方向盘，一手拿着手机，有时还要回头教训一下后座的捣蛋孩子。如果说韩国妈妈累心的话，那美国妈妈就是累身了。

如果你的爸妈一心想让你上哈佛，那恭喜你，他们得了一种叫"哈佛症"的病。就像首尔大学在韩国人心目中的地位不可撼动一样，哈佛大学也是美国人的圣地，尽管有人认为这种赞誉有点过头，却依旧改变不了美国的哈佛热。

美国历史短暂，因此他们才特别看重未来和创造，而哈佛恰好能满足他们的心理诉求——因为哈佛是美国人一手创建的顶级学府，它身上闪耀着创造的光芒。

如果我问你，世界上最了解哈佛的国家是哪个？美国？NO！是韩国。为什么这么说呢？且听我细细道来。

在2005年的2万名哈佛学生（大学部和研究所的都算在内）当中，非美国学生共有3669名。其中，亚洲学生以1357名高居榜首，欧洲以1022人居于第二位，然后是北美（559人）。若以国籍来看，加拿大481人，排名第一，中国378人，第二名，韩国244人，第三名。

加拿大排名第一很容易理解，它和美国接壤，又都是英语国家。可韩国学生入学人数排名如此靠前，很让人费解。不论是在地理人文层面，还是在人口比例层面，韩国都和美国没有太多相似性。如此非亲非故，韩国对哈佛的狂热未免有点过分。

韩国人对教育充满热忱，对"世界第一"也极度迷恋，而哈佛的存在，正好满足韩国人的这种嗜好。有不少韩国留学生在同时收到几所学校的offer时，即便它们都同样优秀，只要一听其中有哈佛，就会立刻奔向哈佛的怀抱。而将子女送入哈佛，简直成了韩侨成功扎根美国的标志。

除了"哈佛症候群"之外，还有一群人分布在耶鲁、普林斯顿等名校。他们的存在体现着美国人对名校的狂热，人称"遗产学生"。

"遗产学生"的学习成绩可能不怎么样，但架不住人家家世好，或者运动细胞发达，所以能轻易地进入好大学。遗产学生其实是捐款入学制的产物。举个例子，乔治·沃克·布什总统的家人几乎都是耶鲁大学毕业的。除了他以外，他的父母，祖父，甚至女儿，都是从耶鲁大学毕业的。

1994年，有位银行家捐给哈佛七千万美金——哈佛校史上最高的捐赠金额。这位哈佛校友非常乐善好施，以至于哈佛校园里四处可见刻有他名字的建筑物，而他的两个儿子就是从哈佛毕业的。还有一位毕业于普林斯顿大学的香港企业家曾许下一亿美元的高额捐款，于是他的子女和侄子就都在普林斯顿大学就读。

说起"遗产学生"，私立名校并不承认有"捐款入学制"这一说。不过，校友捐款，子女入学是公开的秘密，没什么好说的。在美国私立大学共享的申请书里，需要申请人填写家庭成员的教育背景，如果你父母是从目标学校毕业的，那很幸运，你就会得到加分。以耶鲁大学为例，在学学生中身为校友子女的比例有14%，普林斯顿大学是12%，哈佛大学则约为13%。

《意识形态的终结》一书的作者，哈佛大学名誉教授丹尼尔·贝尔博士说："甄选研究生，学术能力和研究能力才是最关键的，其他的都不重要。不过本科生却不一样，哈佛的目标是要培养各种类型的优秀学生，不仅要在各个领域里有所建树，强大的人脉也是考虑因素，因此，我们才需要知道他的家庭背景。"

耶鲁大学的公开部部长也说："吸引校友的子女以及成

功人士的下一代入学，完全是为了学校发展和维持传统，这是有利的。"

从法律层面上来说，联邦政府并没有对学校的录取工作进行特别干预，这些大学在不带性别歧视、种族歧视的前提下完全可以按照自己的标准进行招生。"校友子女优先政策"使得美国私立名校拥有强大的校友力量以及可以动用的资金。私立大学的资金来源，很大程度上依靠着校友的支持，校友的捐款，要比其他捐赠更得校方的重视。

前哈佛校长尼尔·鲁登斯坦是募款活动的积极推动者，在他的努力下，1993—1999年的六年间，哈佛大学募集到了高达26亿美元的捐款，当时参与的捐款者当中有80%是哈佛的校友。

"给校友子女加分，是为了肯定哈佛校友对学校发展的贡献。当然哈佛也有无家可归的学生，校友的捐款可以拿来设立奖学金，资助这些贫困生继续学业。"哈佛大学入学部副部长如是说，并非官方的漂亮话。几年前有一名失去家庭的学生进入哈佛就读，曾引发不小的话题。

这名女生来自纽约，十五岁起就无家可归，一个人孤苦伶仃，高中时，公园的长椅就是她的住处，读书的时候只能借着路灯微弱的灯光。像一般的励志传奇人物一样，这个女孩子最终不仅被哈佛收了，还拿了奖学金，成了当时的风云人物，还因此上了杂志封面。

哈佛约有三分之一的学生毕业自私立学校，家庭大都是中上水平。如此穷困的学生在哈佛，就跟大熊猫在中国一样少见。那女孩之所以能登上舆论的风口浪尖，也就不足为奇了。

可是，私立大学对校友子女的优待政策，那些非校友子女怎么办，考一样的成绩，最后却输在"拼爹"上，这样真的公平么？对此，入学部副部长这么回答：

"经济条件好的家庭能为孩子提供更好的教育环境，他们能取得好成绩，这是经过各种社会调查得出的结果，毋庸置疑。如果你问我，这是不是说那些家境清寒、无法接受良好教育的学生就会在成绩上输人一等，以致不能进入哈佛？从某种程度上说是的。但是请不要跟我谈论什么公正、平等。没人能做到绝对的公正、平等。再说，对校友子女的优待政策，不是针对某一年某一人的特例，它已经是美国大部分私立学校一贯的传统了。"

　　哈佛的解释还不如不解释，解释了反而让人心情沉重。

　　虽然有优待政策，但哈佛甄选学生的公正性从来没有被质疑过。因为大学是完全独立自主的，不会受到任何外来因素的控制。再说，除了哈佛，还有很多学校可供选择，并不一定要在一棵树上吊死。

只要录取，学费减免

　　在钱的问题上，美国人从不含糊。通常来说，一个学生无论成绩多么优异，缴不起学费，那很可惜，进入私立大学基本就是个梦了。

　　美国私立名校的注册费相当昂贵。以2006年来看，上一年大学没有45000美金是下不来的。先来看看哈佛在2006年秋季至2007年春季晒的学费明细，如下表：

哈佛大学一年期间所需的学费及各项杂费（2006—2007年）（美元）

注册费	30275
医疗保险	1390
学生会费	2044
住宿费	5328
伙食费	4618
应缴总金额	43655
个人零用钱	2795
旅行经费	0 - 2400
包含注册费之总金额	46450 - 48850

在钱的问题上，美国人从不含糊。一个学生（除了个别人之外，比如上文提到过的那个哈佛女孩）无论成绩多么优异，缴不起学费，那很可惜，进入私立大学基本就是个梦了。

有梦想的地方，就有无奈。有无奈的地方，就有商机。为什么这么说？能击中人们的软肋就能俘获人心，制造市场效应。基于此，哈佛和耶鲁等名校为了招收优秀的学生，特别宣称，对家庭状况不佳的学生给予学费上的减免。从2006年起，哈佛对家庭年收入低于四万美元的学生给予学费减免。这个消息公布后，申请哈佛的学生人数骤增。其他学校也不甘落后，纷纷站出来表态说依家庭所得水平予以调整学费。

当百万富翁，还是当总统

想依靠哈佛的名声创出事业，却不思回报是不可能的。事实上，为哈佛的发展做贡献，就等于是在继续利用哈佛的人脉资源。

搬家！第一学年结束后，我鼓起勇气做了这个决定。

一年的时间里，原来的寝室已经不容我再添置新书、杂物了，除非我把床腾出来放书，然后睡在书上。在哈佛读书虽然很累，但是我不想自找不舒服，还是搬家吧。打电话给搬家公司，说明大概情况，他们派了两名壮汉过来：个子高大、憨厚老实的年轻人。

两个人忙得满头大汗，还不忘跟我聊天：

"您也是哈佛的学生吗？"

我回答是，他接着又问：

"那毕业后是要当律师吗？"

"不，要当记者。"

这名年轻人说："啊，原来如此！"

然后自言自语："那一定是赚很多钱的工作吧？"

记者是很多金的职业吗？我当了十年记者，怎么不知道？于是连忙否认，他还不信。

这种情况到处都是，真是太可怕了。

我去考驾照时碰到过类似的情形。路考之前警察仔细问过我的背景，等到考试结束后，警察酸溜溜地说："过了！哈佛学生你毕业后，会赚很多钱吧？"

在机场时，入境审查的移民局官员说："毕业回国后，会想在政府机关工作吗？"虽然心里觉得好笑，也想对移民局官员回答不是，可为了顺利入境，我给了他想要的答案。

无论是在哪儿，"哈佛"都会是一块金字招牌，只要一说是哈佛学生，就会让人联想到看起来活力无限，精力充沛，欲望高涨的人。倒没有冤枉人，因为现实生活中哈佛学生就是这样。从"我想"到"我能"的角度来看，哈佛学生似乎比一般人更充满了热情。

许多美国人认为哈佛的最大价值是，它是通往享乐天堂的大道，而不是它培养了高级精英。不过，从哈佛一毕业就想挣大钱，或者马上进驻白宫，那你是在痴人说梦。哈佛学生也是人，也要和别人竞争，展现自己的实力并得到认可，这个过程非常痛苦，而且不可跳过。

1999年是我在美国的第一年，虽然现在回想起来，已经如同遥远的梦一般，模糊不清，但我仍然记得那时的美国人就像着了魔一样沉浸在对网络的痴迷中，几乎每个人都梦想在虚拟的网络世界成为一名"百万富翁"。各大媒体添油加醋地争相报道年轻人的暴发经历。百万美元—— 一笔数目不小的钱，在那一代人眼中显得轻而易举，连初出茅庐的毕业生，都可以肆无忌惮地幻想着令人咋舌的年薪。随之，"快速而轻易地赚到一百万"成为了衡量一个人能否成功的标尺。

哈佛也一样无法幸免。

《哈佛深红报》（The Harvard Crimson, 哈佛的日报，也可译作"哈佛克里姆森报"。——译者注）曾形容典型的哈佛学生为"以自我为中心，努力想找一份好工作，但对政治不感冒的年轻人"。在这股网络旋风的鼓吹下，哈佛学生纷纷把目光投向了纽约和硅谷。这就是所谓的"比尔·盖茨症候群"。哈佛肄业生比尔·盖茨居然成了世界首富，这个具有世界性历史意义的神话激励了好多人，也毁了不少人。

哈佛校园被一种蠢蠢欲动的气氛所笼罩，所有人都恨不得马上离开学校去赚大钱，甚至觉得留在学校上课，只是为了学习赚钱的方法——谁能一夜暴富、轻易成为百万富翁，成为人们眼中的"成功人士"。为成为富翁而读书的气氛笼罩着哈佛，昔日的教学殿堂显得躁动不安。

因为这种异常的狂热，使得"网络商务管理"的课堂爆满。记得有好几次我在拥挤的教室里被挤得东倒西歪，努力地踮脚，想学到哪怕一星半点的"百万富翁成功诀窍"。

当时，身为一个在美国的韩国人，我也曾效仿报道中的暴发经历，比如，某一天突然灵感爆发，在餐巾纸上随手涂鸦，期待这个灵感能卖个好价钱。对于报道，我不质疑，肯定有人凭借这个方法成功了。后来，我学会不质疑另一件事：我不会一夜暴富。

现在，".COM"的美国梦已醒，人人盲目梦想成为百万富翁的狂热冷了，我回想起那年往事，还真是有意思呢。为成为富翁来哈佛，多半会无功而返吧，毕竟学习不是件功利的事情。

　　比起年轻的美国，哈佛年龄还要大些。所谓"先有哈佛，后有美国"说的就是这个意思。对于美国来说，哈佛是它的人才补给站。它培养了太多活跃于美国政坛和学术界的精英。尤其从上世纪五十年代到七十年代，哈佛毕业生竞相涌入权力中心的华盛顿。到了九十年代末期，硅谷和华尔街打败华盛顿一举成为哈佛毕业生的新宠。

　　权不如钱的时代来了？倒也不一定。不论年轻一辈的哈佛毕业生怎样改变，2000年总统选举中的"决赛选手"依然都是哈佛毕业生。当时的副总统、民主党总统候选人艾尔·高尔毕业于哈佛，共和党候选人、后来当选为总统的乔治·沃克·布什是从哈佛商学院毕业的研究生（大学念的耶鲁）。

　　美国历史上一共有六位总统是从哈佛毕业的（截至2013年，这个数字已经更新至"八"了，乔治·沃克·布什、贝拉克·侯赛因·奥巴马分别是第七位、第八位哈佛毕业的总统）。约翰·亚当斯、约翰·昆西·亚当斯、拉瑟福德·B.海斯、罗斯福、约翰·F.肯尼迪。本来，高尔是有望成为第七位哈佛毕业的总统，怎奈布什太厉害，纯正哈佛毕业生落选。布什当选后，哈佛自然得把这位总统勉强贴上"哈佛毕业生"的标签。

历史上，哈佛与权力最接近的是肯尼迪时代。当时哈佛被称为"权力的第四部"，就像后来戴维·何柏斯坦所写的书名一样，当时哈佛的"出类拔萃之辈"（The Best and The Brightest）都把进入肯尼迪政府作为自己的奋斗目标。像麦克乔治·邦迪（国家安全顾问）、阿瑟·施勒辛格（特别助理）、戴维·贝尔（预算局长）、理查德·纽斯塔特（顾问）、约翰·肯尼斯·高伯瑞（印度大使）、埃德温·瑞修（日本大使）等，都是肯尼迪麾下的哈佛校友。

其实里根总统身边有很多哈佛校友担任要职。不过由于肯尼迪总统本身是哈佛毕业，加上哈佛教授的大举加入，所以肯尼迪政府看起来更像"哈佛帮"。就实际人数来看，里根时代占上风。

除了美国的权力精英外，铸就哈佛的另一根重要支柱——不，是更为重要的支柱——就是学术。

哈佛教授之中，到2007年为止共有43名诺贝尔奖得主。1965年，罗伯特·伯恩斯·伍德沃德和朱利安·史温格分别获得诺贝尔化学奖、诺贝尔物理奖，让哈佛拥有为之自豪的纪录。老罗斯福和亨利·季辛吉分别于1906年和1973年获得诺贝尔和平奖，这两位虽然不是哈佛的教授，但他们却是哈佛的校友，也足够哈佛得意了。另外还有大名鼎鼎的T.S.艾略特，他是1948年诺贝尔文学奖获得者。

想把所有从哈佛毕业的著名人士都列出来简直是自讨苦吃，不过随便在哈佛校史上一指，就能吓人一跳，比如指挥家伦纳德·伯恩斯坦、《华盛顿邮报》水门案特别报道的编辑本杰明·班李、作家约翰·厄普代克及诺曼·梅勒、《侏罗纪公园》作者麦克·克莱顿、前美国红十字会总裁伊丽莎白·多尔、美国消费者运动的先驱者雷夫·纳德等人。哈佛校友当中也有不少电影明星，像是与前副总统高尔同期的汤米李·琼斯、杰克·密拉·索维诺、伊丽莎白·苏、麦特·戴蒙等等。

当然，从哈佛毕业不代表和哈佛再没有关系了，哈佛对毕业生的管理从没松懈过。哈佛学生即使毕业后，依旧会收到校友会和所属学院院长的来信，来信会告诉你学校要举行的新活动，好学生又因为奖学金的缺乏而格外辛苦等内容。当然，告诉你这些的言下之意就是提醒你：你要给母校做贡献，捐款吧。

想依靠哈佛的名声创出事业，却不思回报是不可能的。事实上，为哈佛的发展做贡献，就等于是在继续利用哈佛的人脉资源。

哈佛的人际网简直铺天盖地。在不同领域任职的哈佛专业人士会定期碰面交换意见，同时也是交换资源。各行各业的哈佛毕业生会借助聚餐、讨论会，甚至募捐等形式，联络感情，扩建哈佛人际网。一朝哈佛人，终生哈佛人，就算你只在哈佛上过一个月的课，你也是哈佛毕业生中的一员，进入这张人际网，然后受邀参加各项活动。

哈佛的力量从来都不局限于校园内，通过毕业生人际网，哈佛的触角正在向更远的地方延伸。

哈佛经历，让人无条件信服你

在哈佛读书期间，经常会有人问我："你为什么会来哈佛？"对于这个问题，我一向坦白，因为哈佛是"最高学府"，我想知道它到底高在哪里，高到什么程度。

我有一个学姐，一直在巴尔的摩（美国大西洋沿岸重要的海港城市，位于切萨皮克湾顶端的西侧）做研究。那次她来哈佛，为尽地主之谊，我带她参观哈佛校园，没想到她居然激动地连连赞叹："太美了，这里简直就是浪漫的欧洲！"这话要是让欧洲人听见了一定会不屑一顾。不过哈佛校园确实有一股古典的底蕴。红砖建筑，沉郁、稳重，苍郁的常春藤装饰红墙，使得每一栋建筑都犹如艺术作品。

不过，看哈佛不能只看表面，它的魅力在于哈佛悠久的历史，不容置疑的权威。

美国开国前哈佛便已存在，所谓"先有哈佛，后有美国"说的就是这个意思，哈佛以身为美国最古老的大学而自豪骄傲。听说一百年前美国总统访问哈佛时，教授们还曾忧心忡忡，担心这个年轻的国家长不了，在总统面前长篇大论"美国的未来"。

哈佛大学成立于1636年，校舍建于美丽的查尔斯河河畔（这条河是以英国国王查尔斯一世之名命名的），那时的哈佛仅有九名学生，一名教授，地地道道的小学校。定居在马萨诸塞州的英国清教徒认为当地应有一所正式的、负责教育子女和工人的学校，以便能够不间断地教育、改良下一代。从英国出来了，总不能还指望着遥远的英国派人来教学吧。

在此之前，北美大陆只有两所大学，一所在墨西哥，另一所在加拿大魁北克地区，全都是西班牙裔的。哈佛是北美大陆的第三所大学。建立之后，哈佛很快陷入财政危机，无法顺利开课，甚至面临着关门歇业的危险。

救星，被历史记住的人就是要在这种时候现身。一名毕业于英国剑桥大学的牧师，名叫约翰·哈佛，将自己的一部分土地及四百本书留给学校，这所大学才算艰辛地存活了下来。为了永远记住约翰牧师为学校做出的贡献，学校决定以"哈佛"为本校命名。如果没有这次捐赠，或许约翰·哈佛早已成为历史的尘烟，无人知晓，但哈佛大学让他和这所学校，永远留在了美国，甚至是世界的历史上。哈佛所在地，舍弃"新城"的称呼，随之改用剑桥大学之名，称为"剑桥"。

哈佛校园的中心是一座名为"Harvard Yard"的庭院，那里有一块郁郁葱葱的大草坪，哈佛学生可以在上面小坐，随着时间的推移，草坪上已经露出些微红土。虽然现在的哈佛校园已经扩展到剑桥、波士顿、奥斯顿等地，但最原始的老校园依然是这块令人神往的大草坪，也是很多游客会慕名而来的地方。

哈佛园里有一座约翰·哈佛铜像，它被视为哈佛的象征，而这座铜像也是"哈佛之旅"重要的一站。来哈佛的游客都会在约翰·哈佛铜像前拍照留念。传说，只要摸过铜像的脚，就会有好运气。因此，希望人生顺利的人们都争相去摸约翰·哈佛的"幸运脚"，以至于铜像的脚底被磨得闪闪发亮。

如果希望先了解一点哈佛历史，再参观哈佛的话，可以先去哈佛园对面的霍利约克中心导览办公室，那里会有哈佛学生为你解说，一般来说，45分钟就能让你大概了解哈佛。如果你够幸运，遇上一个口才好的学生，那你就会知道许多有趣而丰富的故事。当然，这些解说员肯定是说英语的，记住，没有翻译。曾经有几次，我陪着首尔的客人一起参观，当时就在想，像哈佛这样把学校当做景点，甚至连导游都准备好的大学，全世界到底有几所呢？既然参观的重点在于约翰·哈佛的铜像，那在铜像前留下"到哈佛一游"的照片自然就不能错过。不过比起照片，铜像的"三谎言"更加吸引人。

谎言就刻在铜像上面："约翰·哈佛，创始人，1638"。

第一，刚才已经说过，约翰·哈佛并非这所大学的创始人，他只是财产捐赠者而已。第二，哈佛并不是创立于1638年，而是1636年，1638年是它的实际开校时间。第三，铜像并非约翰·哈佛本人的样子，因为，根本就没人知道约翰·哈佛长什么样。

哈佛大学在二百五十年校庆时，决定建一座约翰·哈佛的铜像，却没有任何关于约翰长相的资料，所以雕塑家丹尼斯特·法兰西从当时的哈佛学生当中，选出一名叫修门·霍尔的学生，以他为模特进行雕刻。所以游客们满怀崇敬仰望的这座铜像，其实和约翰本人没有任何关系。

人们总是有猎奇心理，传闻永远要比真实来得刺激有趣。所以，如果只是一本正经地说哈佛如何培养精英，这里的学生多么厉害之类的，估计游客都要睡着了。人家是来旅游，又不是来普及历史知识的。一个充满谎言的雕像，反而让哈佛有了一丝轻松与活泼。

神话和传说，要半真半假才让人欲罢不能。

哈佛以"Veritas"（拉丁语：真理）作为校训，并为自己身为捍卫真理的殿堂而自豪。难道铜像上的三个谎言是他们的疏漏么？或者这只是哈佛人"可爱的幽默"，想让大家在这种无比严肃的地方也能开怀大笑？

上帝知道答案。不过谁会在这个问题上较真呢。

哈佛的一流形象是营销学的成功案例。可口可乐的广告强调，只要喝一口就能让你浑身畅快；耐克运动鞋的广告，强调只要穿上它就能健步如飞；哈佛的广告强调，"哈佛"能给你未来。进入哈佛，就等于进了保险柜（如果你好好利用哈佛的话），可以有更好的工作，更高的学术追求，无论以后选择什么职业，都会有强大的哈佛人脉在背后支持你。最重要的是，成为哈佛学生，就等于成为了美国的希望。

哈佛拥有让学生被"一眼认出，无比信任"的能力。

保证学校的教学水平固然重要，但维护学校的声誉更是必须。如今我们对"哈佛"二字充满敬畏和向往，其实都有赖于学校对于自身品牌价值的营造与维护。几年前，哈佛大学曾经对韩国一份名叫"哈佛"的学习杂志提出诉讼。还有日本的私立学校、台湾地区的出版社、印度的香烟公司，都曾经因为取名叫"哈佛"而被哈佛起诉。

哈佛大学主张，"哈佛"标志象征着"学术上不可替代的垄断性"，未经许可不得任意使用。哈佛甚至还设置专门负责打击盗版的部门。讽刺的是，高度看重哈佛影响力的亚洲地区，反而是哈佛的重点监察对象。

美国有家啤酒公司，因为想要出售名叫"哈佛"的啤酒而遭到哈佛大学抗议。这家公司主张说，他们一百年前在剑桥郊区有一座名为"哈佛"的酿酒厂，因此才会使用这个名称，与哈佛大学一点关系都没有。不过哈佛表示，啤酒瓶商标上的"H"一旦采用与"哈佛红"（Crimson）相近的红色，就会让人误以为哈佛大学支持学生喝酒，这可不是一所好大学应该做的事。

在哈佛读书期间，经常会有人问我："你为什么来哈佛？"对于这个问题，我一向坦白，因为哈佛是"最高学府"，我想知道它到底高在哪里，高到什么程度。耳听为虚，眼见才为实。

很多哈佛学生被问到为什么来哈佛时，都会很坦白地回答说"为了毕业证书"。我有一个同学叫爱德华，来自印度，他在肯尼迪学院上课，我曾经跟他探讨过毕业后的出路问题。他想先读完一个学期，然后去找工作。他说："只要贴上'哈佛'的标签，身价就会上升，找到好工作会容易些。"

我听了之后吓一跳，这简直是银行家的思维，先投资后回报呀。后来我才明白，原来不止爱德华一个人，大家都坚信投资在哈佛上面的时间和金钱，以后一定能赚回来，没准儿还能加倍赚回来。踩着哈佛这块踏脚石，就可以完成华丽的转身。

爱德华为了找到自己想要的工作而前往纽约，原本在香港只是个小职员的艾米也顺利晋升，回国工作去了，在纽约市政府工作的艾力克变成了顾问，柬埔寨总理的经济顾问比奇成了投资银行家，原本在得州当教师的黛葆拉找到联邦政府的工作……哈佛，真的让大家升值了。

美国是个对金钱计算精准的国家，一分钱一分货，投入得多，不一定收获得多，但想收获得多，就一定要投入多。所以说如果交了那么多钱来读书，毕业生却找不到工作，哈佛也就该关门歇业了。

2 书都不会读，还敢来哈佛

- 你要学会快乐地学习，学习是自己的事，不需要向别人证明什么。快乐一点吧！学校是个充满快乐的地方。
- 为什么要做这件事（而不是别的）？为什么一定要现在做（而不是将来做）？这些都必须先说服自己。千万别以为会有人替你做决定，高薪工作自动找上门来的好事根本就是白日做梦。所谓的好工作，一定要自己不辞辛苦地找才行。
- 美国教育最大的魅力，不在于它提供给你最顶尖的教育资源，而是在于它有一套优秀的制度，可以培养学生自动自发的读书习惯。
- 如果无法独立规划愿景只会追随，到最后你只能沦为别人的复制品。二流永远只能是二流，追随者永远只能是追随者。
- 在哈佛，如果得了拖延症，等于双脚踩进地狱。不想"寻死"，必须勤奋读书。
- 真正的自信，是来自克服困难的那一刻。回顾大学时期，虽然没有像哈佛学生一样有计划地认真读书，但这并不是让我感到最可惜的事。最可惜的事情，是我不曾在年轻时挑战自己的极限。

学会快乐地学习吧!
学习是自己的事

"在哈佛的一天,可以做完在家一个月所做的事,所有事情都排得很紧凑。放假一回到家,通常都会尽情睡到下午一点才起床。"(哈佛大学二年级学生)

——《哈佛经验》,理查德·莱特

美国一所大学教人类学逾十五年的丽贝嘉·纳珊(化名)教授,一想到"近来的大学生"就焦虑得不行。她总说:"我们上学那会儿哪像现在这样?现在的孩子到底怎么了?"她抱怨道:"现在的学生几乎不写报告,书本也不会事先预习,就算特地空出时间给他们,也没有半个人找教授谈一谈。为什么学生这么难教?"

纳闷之余,教授决定亲自去体验一下近来的大学生活。

纳珊教授利用休假微服私访,进入大学一年级就读,住宿舍,吃食堂,忙着听课、参加课外活动。亲身经历后,她对大学生活有了完全不同的看法，还出了一本叫《当教授变成学生》的书——变身为大学新鲜人的教授，终于能了解学生的心情了。

之前她（从教授的立场看问题的她）觉得是学生没有把课业准备好，等她当过学生后才知道，学生根本没时间把所有科目的作业都写完。她也了解到，有些课业并不是学生感兴趣的科目，而是为了配合时间表才不得已选修的。最重要的一点，"时间管理"并不是一件容易的事，教授虽然很用功，但大部分科目还是只能勉强拿到B。

了解到学生的苦衷后，教授重登讲台，跟以前判若两人：削减了作业量不说，即使学生课堂上吃东西，她也不会啰嗦，因为她知道他们真的没时间吃饭。

如果，当初这位教授是在哈佛回炉的话，估计她会更有感触，对学生会更仁慈，更同情。因为哈佛是世界上运转速度最快的学校之一，哈佛的学生也是天天梦想变成三头六臂而不得的大忙人。

在哈佛度过的第一个夏天，有种坐在疯狂传送带上的感觉。周一到周五发条拧紧，恨不得每天有三十四、四十四个小时，想要完成的、该做的事都实在太多，根本没有闲工夫去想乱七八糟的事。也只有到了周末，神经才能稍微缓缓。

星期六早上睁开眼，房间如遭遇抢劫一般狼藉。没水，没牛奶，冰箱里一无所有。一只裤脚搭在洗衣桶边，像烈士垂死于沙场。换下来的衣服来不及洗，只能随手抛在洗衣桶里，一周下来，脏衣服积攒到洗衣桶要"吐"。

大扫除，补充"战备物资"，周末逃不开的必修课。

公寓设有专门的洗衣房，洗完所有的衣服大概要两个小时，好在我有杂志可以打发时间。一把铜板就能换回一篮干净蓬松的衣服，这让我很满意。接下来去超市大采购。平时装满书的背包，今天也能空下来休息休息。

我刚抵达美国时，来美国留学的弟弟正好准备回国，临走前他把车留给了我。我很喜欢开车，可是平时没时间开，况且在剑桥，停车是个难题，学校的停车场又贵得吓人，我只能周末过过瘾。

兜风是件很爽的事。记得刚来美国那会儿对生活充满了热情和好奇，特别喜欢买一堆新鲜的蔬果和外国风味的食物，可惜好景不长，因为每天都忙得要死，根本就没时间和精力下厨做美食，从超市、菜市买回来的各种食材到最后只能到垃圾桶里去。我随之沦落到每天对付三明治的地步。每天在研究室里待到很晚，小组讨论弄得我精疲力竭，有时我甚至在想："还不如留在首尔加夜班呢。"

无法有效利用时间，是件很痛苦、很令人抓狂的事情。因为语言上的障碍，写作业总是很难，按时完成作业更是难上加难。每天下课一回到家，我就立马坐到书桌前，写作业。如果作业能顺利写完，那当然再好不过，可问题是作业根本写不完啊！

只要我一准备读书，就会不由自主地对读书这件事充满疑惑："为什么要念这些东西？""以后有用吗？"每次我都要花上十分钟，才能把杂念从脑子里赶跑。

肯尼迪学院的"回炉学生"都有类似的苦闷，我们的心还真是芜杂。

在众多英语教授的必修课中，数学课最让我头大。大概是因为我身经百战，历经各种考试而不败，不小心练成了很强悍的神经，分班考试中我居然超常发挥，"不幸"地被分到了高级班。第一天上课时我头晕眼花，完全听不懂授课内容。身在数学高级班却听不懂数学课的人，还真是少见。坐在我身边的那些人，要么是大学数学系，要么是专攻过金融、经济的，他们有事没事就和数学打交道。

数学课，好痛苦。可是痛苦刚开了个小头，更痛苦的还在后头。

"了解数学，你将看到不同的世界。"这是英国戴维教授最爱说的宣传语，他是个擅长调动课堂气氛的人，同学们反响热烈，当然，除了我。教授知道学生当中有很多人是专攻数学之后欣喜不已，并决定跳过"简单"的部分，直接进入攻坚阶段。天哪，我怎么办？刚开始看到大家都懂的样子我非常自卑，为什么只有我不会？可后来我又觉得，凭什么简单的就不讲，这不是欺负人吗？

跳过的东西越来越多，我越来越听不懂，越来越讨厌上课。每次出门上数学课时，双腿会变得异常沉重，有时我会突然想"今天干脆去看电影好了，反正干坐在那里也是浪费时间"。接着想法就信马由缰，不受控制了，"不懂这个又不会饿肚子，不去又怎样"。如果这时候放任自己逃避，估计我会彻底成为一个沦落街头的问题学生。

不过，课还是要上，不行就转去别的班级算了。但是怎么也不能放弃，那么多的学费不能白交啊。我决定在局面彻底崩溃前，找教授谈谈，看他能不能帮我。

"教授，我已经有三个小时的课听不懂了。"

"什么？那你怎么不说？"

对啊，为什么我不说呢？我想着不会的话，回家看看书，自己用功一下就能补上。可是我太高估自己独立学习的能力了，课下根本就看不进去啊。教授帮我复习了一遍上次的讲课内容，一直讲到下课时间，他还反复确认，问我是不是真的懂了。他问我：

"为什么你看上去无精打采，好像很累的样子？"

"因为读书有点跟不上，英语也不太流利……"

教授带着无可奈何的表情说：

"你要学会快乐地学习，学习是自己的事，不需要向别人证明什么。快乐一点吧！学校是个充满快乐的地方。"

对啊，原来还可以这样看问题，我决定改变想法，对自己好一点。

"没必要听别人表扬，自己觉得不错就可以了啊。我又没在美国住过，也没在美国念过书，可我依然能跟上进度，也是很厉害的啊！"

顿悟后，倍感轻松。为了犒劳自己，我买了一直想吃的比萨，还买了一张CD。回到家，一边吃着热腾腾的比萨，一边听着音乐，一边享受着悠闲的星期五，心情总算好了一些。嗯，不必勉强自己非要做到最好，只要尽力了，跟不上也没什么好遗憾的，生活还是要继续，快乐一点吧。现在想起来，这番觉悟，应该就是学长经常提到的"在哈佛幸福度日的方法"。

为了找乐子，我跑去买了直排轮鞋。每到星期日，宿舍前面的河岸道路都会封锁，禁止汽车进入，大家就在那里骑脚踏车或玩直排轮。以前我看到这种景象时，总是很羡慕，觉得那样一定很好玩。现在好了，将课业的重担搁下，报名参加了直排轮的课程。

我很意外的是，它并不难学。踩着直排轮鞋，穿梭在查尔斯河畔，享受着迎面而来的风，心和身体都变得轻盈。可惜没高兴俩礼拜，我就摔了一个大跟头，疼了好几天。

没办法，再见吧，轮滑。

剑桥的冬天非常美，不需要专程外出赏枫，只站在窗前，家门口那棵树就足以让人陶醉。窗框变成画框，窗外的风景如油画一般美丽动人。

有一天晚上我正写着作业，期中考快到了，身为学生的我正为了学业焦头烂额，几乎快忘记过去的记者生活了。这时首尔有个朋友打电话过来。

"你在做什么？"

"快期中考试了，忙复习呢……"

"哎哟，书哪有念完的时候啊，别虐待自己，出去赏枫吧！现在，哈佛的枫叶应该很美吧……"

我一听，顿时有点焦躁。就是，都这把岁数了还读什么书啊！人生那么多美好的事物，要是不趁着年轻去看，没准就错过了。

过了几天，我给一个在首尔的学长打电话，得意洋洋地告诉他我的这番"领悟"，但是学长似乎对我感到有些寒心。

"枫叶永远在那里，现在不看，以后还有机会再看。可是，你现在不读书，以后再读书还有上哈佛的机会吗？还有比你现在更好的经历吗？不要再想别的事了，好好专心用功吧。"

又不是什么大不了的事，不过看了几片枫叶，还浪费时间打国际电话到首尔无病呻吟。结果，书没读好，枫叶也没好好欣赏，当然成绩也不怎么理想。

在哈佛，读书就是唾沫星子，张嘴闭嘴都是。每次一到要交作业的日子，或是到了期中、期末考试时，大家总是愁眉苦脸，一个个都跟要和世界告别似的。

只要同学在路上碰到，不用问，肯定是互相抱怨，叫苦连天。"整本书都是考试重点，我都快疯了！""上星期每天只睡三四个小时，根本就没精神。""教授要是给分低可怎么办啊！""别人都那么刻苦，我完了……"叹气声直冲霄汉。

葛雷丝是科学史的在读博士，因为我们俩一起听日文课，所以比较熟。我们的聊天内容基本上都是抱怨读书好累。有一次偶然在路上遇见她，她一看到我，大老远就飞奔过来，跑到我面前后，气喘吁吁地跟我说：

"你知道，我最近在忙什么吗？"

"忙什么？"

"忙着玩！"

"什么？"

"我说，忙着玩！综合考试结束了，从现在开始，我要先疯狂地玩一个月。其他的都靠边站。"

博士班学生都开玩笑说PhD是"永久性脑残"（permanent head damage）的简写。博士课程已经很难了，写论文更是惨无人道。如果毕业后想当老师，那简直就是难如登天。

不过也正是因为艰辛，所以取得成就后更让人满足。除了学位之外，每克服一个难关，每登上一个台阶，每次自我能力得到锻炼，都是巨大的收获。再说了，如果轻言放弃，又怎么能四处向人炫耀当初的勇敢和坚持呢。

哈佛的学生都会哀嚎说"读书很累"，但其实读书于他们依然是很幸福的事。杰出的教授，书籍丰富的图书馆，学校不遗余力的支持，与优秀的学生一起竞争和学习，大家都承认：哈佛，就是最理想的读书环境。如果没有这些，自然也就不会有人心甘情愿地受苦受累。

不敢停下来歇一歇

　　"在这里生活之后，会开始对自己要做的事盲目投入，根本无法暂歇一下，照顾自己。哈佛的学生大多无法悠闲地过日子。在这个所有人都快步奔驰的世界里，哪有人会停下脚步，问其他人：'近来过得怎么样？'"（克里修南·舒伯拉马尼安，2003年哈佛毕业生）

　　　　　　　　　　　　　　——《支配哈佛》，理查德·布莱德利

　　正当我想知道哈佛大四生烦恼些什么时，麦克出现了。他是个老练的"准哈佛毕业生"，《哈佛深红报》的记者，这让曾是记者的我倍感亲切。要说我们是怎么认识的，还得介绍一下"美国总统制"这门课程。

　　这堂课允许本科生和研究生同时选修，上课的学生本来就多。那一年又赶上总统大选年，选课的学生人数骤增。上第一堂课的时候，人群都挤到教室外边来了。我看到有的人甚至踩着板凳在往里看。

类似这种情况——选课的人数超过限制，教务处就会用抽签的方式淘汰掉一部分人。当时我还在犹豫，是参加抽签，还是直接放弃？

"去年好像没这么多人，今年是怎么搞的？"去试听的我在人群边际发起牢骚。这时身边一名看起来像书呆子的学生傲慢地回答说：

"所以啊，一、二年级就要赶紧把有名的课先听了，不然抽签时就算你快毕业了也不会有优先权的。"

我？新生？好吧，亚洲人好像确实显得年轻。这个人就是麦克，他看起来文质彬彬的，不过眼神里露着杀气，那双眼睛仿佛一眼能看透你的内心。我们就这样认识了。我和他聊了一下美国的总统大选，嘿，没想到我们的很多想法居然很一致，那就干脆坐下来深聊吧。

"你毕业后打算做什么？"我问麦克。

"记者！"回答很干脆。

后来，我了解到，麦克在哈佛读书期间，就一直在哈佛有名的大学报，《哈佛深红报》里工作。麦克从小追求的目标很明确，为了当记者，他从大学起就开始打基础了。人一生所追求的东西有很多，金钱、名声、权力，而麦克想要的则是"影响力"。更具体地说，他希望能当《纽约时报》政治版的记者，用文字影响社会，甚至影响世界。

第二天，麦克带我去参观了鼎鼎大名的《哈佛深红报》办公室。每天印刷一万五千份报纸的《哈佛深红报》编辑部超乎我的想象，它根本就是一间真正的报社嘛，而且年头感觉有一百年的样子。雅致的两层楼建筑里有编辑部和会议室，地下室则有印刷设施和暗房，记者们的工作态度一点也没有业余的感觉。

1873年，《哈佛深红报》以《马尖塔》之名创刊，1876年更名为《哈佛深红报》。在美国众多的校报中，《哈佛深红报》的历史仅次于耶鲁大学的《耶鲁每日报》（The Yale Daily News）。韩国人喜欢最大最高的，美国人喜欢最久的。几乎所有年轻的国家都这样，年头够久的东西都会赢得大家的欢心。但是所谓"最久"的形容词已经被耶鲁大学抢走了，《哈佛深红报》一想就心痛。

罗斯福总统、洛克菲勒和肯尼迪总统都是《哈佛深红报》记者出身。有名的评论家沃尔特·李普曼，竟然曾参加过三次

《哈佛深红报》记者考试，而且次次落榜，当时的竞争之激烈可见一斑。不过，今非昔比，忙碌的哈佛学生没几个能应付得了记者的工作了。不是因为现在的哈佛学生不如过去的哈佛学生，而是因为现在的哈佛学生实在太忙太忙了。其实不管是报社还是学校的刊物，记者工作都必须投入许多时间。他们可不想让自己的生活忙做一团。

麦克几乎每周都要在报社工作上投入三十到五十个小时。刚开始他既是划船队队员，又是《哈佛深红报》记者。不过想把书读好，又想参与两种课外活动，负荷实在太大，但麦克并没有轻言放弃，毕竟这都是他喜欢的事。不过因为划船赛季即将到来，练习量大幅增加，最后还是无法两者兼顾。再三斟酌后，麦克决定放弃划船。

说到往事时，麦克脸上露出些许悲情。很明显，不能在河面上展示他健壮的身材和无限的活力让他非常郁闷。不过我倒不以为然，毕竟人生路上还有很多抉择要做，不能划船根本不算什么，但顾及到他的心情，我忍住没说。

对美国大学生而言，暑假跟上学一样重要。打一个不太贴切的比喻，暑假可算作是"职业试听课"。

依据个人职业规划的不同，大家可把暑期实习选在美国或是国外，私人企业或者政府机关，国际机构或者非营利团体，等等。你可以把实习当做一次试水，近距离地了解一下自己未来的工作，同时也检测一下自己是不是真的有兴趣、有勇气在未来进入这个领域。当然，如果实习结果不尽如人意也没关系，毕竟赚点零花钱也是不错的。不过，"暑期实习经历"将来是要出现在履历表上的，这就意味着它有可能关乎你的职业选择，谨慎一点还是有必要的。

以麦克为例，他在新泽西州就读高中时是校刊的编辑干部，同时也是辩论代表及田径选手。来哈佛的第一个暑假，他在新泽西州众议员的办公室实习，大二的暑假是在约瑟夫·利伯曼参议员的办公室。到了大三的暑假，他选择到地方报社去学习。

麦克说："哈佛是由优秀学生和杰出教授所组成的共同体，能在哈佛学习是哈佛学生独享的福利。但哈佛也是一个让人感到艰辛又孤单的地方。"

"哈佛有许多雄心勃勃、希望有所成就的学生，他们之间既竞争又相互学习。这一点让我对哈佛，坦白地说，有点失望。一个人，时时刻刻想到的都是自己的欲望，每天忙得昏天黑地，根本就没时间和朋友见面，更别提去关心别人。这样看来，我们在哈佛，独自一人。"

他的父亲是十一岁时来到美国的爱尔兰移民，专攻历史的麦克对此非常开心，他甚至打算以1920年初的《爱尔兰和平协议》作为毕业论文的主题。麦克少年老成，近乎一个完美主义者。或许，麦克将来可以如愿进入地方报社工作，并且一步步向着他梦想的《纽约时报》迈进——他一定可以的。

哈佛最重要的一课：规划时间

哈佛新生指南：第一，不要参加太多课外活动；第二，在一年级，至少第一学期时，不要谈恋爱；第三，要买旧的教科书；第四，要学会有效率地学习。

经过哈佛燕京研究所时，苏珊吸引了我的注意，因为她正在讲韩语。在美国，如果在路上或是在餐厅里听到韩语，会感觉整个世界的人瞬间希声，所有讲英语的人都闭了嘴，只剩下母语诱导着你四下张望寻找声音的来源。

苏珊并非韩国人，她的父母移民到美国后生下了她。韩语是她没学多久的外语，虽然已经能讲简单的会话，但读和写还不行，还要继续上中级韩语的课程。

跟其他的哈佛学生一样，苏珊也拥有傲人的成绩和骄人的履历。

她说从高中起就有"好好学习，天天向上"的觉悟，倒不只是为了进哈佛，而是她知道，只有好好读书，未来的路才会更宽广，她的舞台才会更大。苏珊从七岁开始学小提琴，现在的演奏水平简直和专业选手不相上下，大学期间在哈佛雷得克里夫乐团担任演奏。她在美术方面也相当有才华，不过小时候要学的东西太多，这方面的才能被耽误了，苏珊一直觉得很遗憾。除此之外，她还擅长游泳、田径等运动，在高中时担任过学生会会长。

对苏珊来说，一年级是"探索的时期"。

她想专攻经济，但她内心渴望的却是时装设计。她像自我安慰一样，说："还是先念经济学吧。就算以后要当服装设计师，读点经济学的东西也会有帮助。如果以后发现设计工作不适合自己，经济学学历也能帮我找到好工作。我想在暑假时先去服装公司实习看看，这样我就能知道什么工作适合我了。到时做一个适当的规划也为时不晚。"

哈佛的本科生全部都要住宿舍，一年级住在校园附近的宿舍，二年级搬去"房子"（House，是哈佛模仿剑桥大学和牛津大学所建的独立宿舍，每个"房子"能容纳三百到三百五十名左右的学生，宿舍及庭院外围都有竹篱笆环绕），然后在那里一直住到毕业。

如果说教室是正式的教育场所，那"房子"就是学生们生活当中互相学习的非正式学习场所。

进入哈佛后，人会不自觉地居安思危，恨不得时时刻刻发愤图强，每个人都会竭尽所能地找事情来做。不过对哈佛一年级的学生来说，最重要的还是尽快摆脱高中生的状态，赶紧学会怎么合理安排时间，分清楚轻重缓急，把"想做的"和"必做的"安排好。

哈佛有超过一千多种科目的课程，一百多种课外活动。刚从高中摸爬滚打过来的大一新生，习惯了单一的高中生活（实际上是被别人安排好的生活），一下子面对这么多选择，很容易感到手足无措，也很容易陷入"不知道在忙什么"的状态。学校将一年级新生安排在离教室最近的宿舍，就好像把他们都装进了保育箱，让这帮"小婴儿"可以一起听课，同时可以增进感情。这样一来，新生们就不会因为陌生而无法顺利融入大学生活。等到一年级学期末时，新生们要决定专攻科目以及二年级要住的宿舍，这时学校也会考虑让互相熟悉的学生住进同一间宿舍。

苏珊曾从学长那听到一些新生指南：

　　第一，不要参加太多课外活动，否则你会发现时间根本不够用，而且太多活动会让你忘记最初的目标。先想好什么是最重要的，然后将重心放在那里。

　　第二，在一年级，至少第一学期时，不要谈恋爱，应该广泛地多认识朋友。如果在一年级第一学期就谈恋爱，万一分手的话，恋人没了不说，朋友也没了。大一，是大家互相结交的好时机，如果选在这个"奠基期"只谈恋爱不交朋友，你会发现以后的日子很难过。

　　第三，要买旧的教科书。新的教科书很贵，而且大多只看一个学期而已，所以不需要买新的。

　　第四，要学会有效率地学习。要读的书和资料很多，都读过来是不可能的，所以要学会有取舍地阅读。

　　苏珊正在听的课包括经济学、作文、韩语及韩国文化。当务之急就是要先知道读书及写作业花的时间有多少，再去学习管理时间的方法。因为学习是最重要的，其他活动的时间安排必须根据学习时间进行调整。

　　苏珊说，哈佛学生的特征就是野心太大，很多学生都想从事义工服务，但其实他们自己的事情还忙不过来呢，怎么可能顾及别人。只不过是因为看到别的同学去当义工，就觉得自己也应该要为社会奉献。

上山的方法有两个：一个是看着山顶往上爬，一个是低头数着脚步往上走。如果只看山顶而不看脚下，就有可能被小石头绊倒；如果只看脚下，可能会不知不觉走错方向。所以坚实地迈着每一步的同时，偶尔也要抬头仰望远方，确认一下山顶是不是在正前方等着你。大学生活也应该如此。该做的事那么多，只看眼前虽然很容易，但久了以后就会失去方向。

找一件"非你不可"的事

美国人都有强烈的成功欲求，我也一样。我想证明自己是个全能选手。也有朋友劝我老老实实地做哈佛学生。但是我就是不能。我对赞美和挑战上瘾，戒不掉，尽管我会因此忙碌。变得更……

——史考特，哈佛学生

史考特，波士顿近郊的佛蒙特州人，他是母校十五年来第一个哈佛大学生。他个性率直、潇洒活泼，走路像跳舞，说话如唱歌，虽然有时有些急性子，但却不惹人讨厌。我问他为什么要来念哈佛，他直言不讳："为了哈佛的毕业证书。"他说的是事实，不管是要念研究所还是要找工作，哈佛的毕业证书都是最有价值的。

"我喜欢哈佛，因为它离波士顿很近。普林斯顿和耶鲁也是很好的学校，不过它们离市区都有点远，环境太单调。我受不了单调的事。我在佛蒙特念高中时，也是因为学校的生活太枯燥乏味，所以去法国当了一年交换生。当然，哈佛在每个领域都有顶尖名师，这点也是我想来哈佛的原因。"

最近在美国大学中，位于大都市以及离都市较近的学校都很受欢迎。因为地理位置的优势，学生们实习、找工作都很方便。在山里的大学，就算再出色，"赶路难"也会让它大为失色。另外，住在偏僻的地方，只能读书，生活不会太多姿多彩。虽然这种环境是搞学术的好地方，但总感觉在里面会变成老古董，和社会脱节。

企图心强烈的史考特会说法语、西班牙语、阿拉伯语。在旁人看来这已经很不可思议了，可史考特自己觉得还不够，这个学期他又开始学汉语了，而且他父亲还一道来听课。教授亲切地介绍史考特的父亲，学生们鼓掌欢迎。那个场面真是令人感动。

父母和孩子一起上课，在哈佛并不罕见。有一次，某个教授请学生的妈妈致词五分钟，那位母亲红着脸，神情非常激动，声音沙哑地说："托我女儿的福，我才能来听哈佛的课……"在场的很多人听后，心中泛起莫名的心酸。

史考特还选修了摄影学、数学、社会学。这孩子企图心旺盛，好像对所有的东西都感兴趣。光听史考特讲他一周的计划表，我就有种头晕目眩的感觉，眼睛忍不住转个不停。

"每天读四个小时的书，然后睡五个小时。其他时间就去练舞台剧。"一般人会觉得这就够忙的了，没想到这还只是一部分。

"有时会去弹琴，偶尔也会唱歌、练练萨克斯，还要去图书馆兼职。"

我听得目瞪口呆，因为就自身情况而言，光读书就很累了。我问他，这样的时间表不会太紧张吗？史考特说："美国人都有强烈的成功欲求，我也一样。我想证明自己是个全能选手。也有朋友劝我老老实实地做哈佛学生。但是我就是不能。我对赞美和挑战上瘾，戒不掉，尽管我会因此变得更忙碌……"

史考特的父母似乎很有钱，不过史考特依旧要打工赚钱。事实上他从高中开始就在餐厅里打工。史考特的父母不希望自己的孩子坐享其成，他们希望史考特从小就能知道和其他人一起工作的感觉，也希望他明白，赚钱是相当辛苦的一件事。

进大学以后，史考特与父母之间达成一项协议：专心读书，尽情体验哈佛的生活，"必需品"由父母提供，非必要又想拥有的东西，必须靠自己赚钱买。比如说，运动鞋只有一双，如果穿破了，需要再买一双新鞋，这算是必需品。如果不是因为穿破了，只是因为自己喜欢而想多买一双，就算非必需品。前者，父母掏腰包，后者，史考特自费。

"你毕业后打算做什么呢？"我问他。

他毫不犹豫地说出将来的愿望是："建筑师、人权运动家、生物学者三者之一。"

"你不担心自己做太多，而不知做什么吗？"

可能戳中了他的痛处，史考特有一秒钟的神情黯然，不过，他马上又说："不管做什么，我都希望未来的工作能够让更多的人过更美好的生活。"

对于史考特想要的人生，我深信不疑。因为即便是和别人从事相同的工作，他也一定要做得与众不同。我忘不了史考特在最后一堂汉语课上的表现——汉语独幕剧。对话虽然简单，但是史考特的演技简直没话说，让人质疑他是否真的是刚刚学汉语。

　　史考特就是那种有着用不完的精力、不断想证明自己才华的哈佛学生。他不想做别人也做得到的事。就算是结果相同的事，也要做得与众不同。

二流永远只是二流

如果一个人的步调和他的同伴不一样，那大概是因为他听到的鼓声和别人的不同。不要去纠正他，且让他按所听到的音乐节奏前进吧。

——亨利·戴维·梭罗

凯特高中时是学校的风云人物，没想到进入哈佛后，发现同学没一个不曾是风云人物的。刚进哈佛时，他心里常想："这里真是个完全不同的世界啊！"

"高中时期，不管身边同学有多厉害或多认真，我都毫不在意，因为我知道我能做得更好，自信这玩意我从来就不缺。但是在哈佛竞争太激烈，我每天都觉得压力山大。四周的同学只会比你更出色，根本没有平庸之辈，我不得不承认，我不再是最棒的那个了。"凯特第一次感觉到"也许我只是个很平凡的人"。

想要在众多风云人物中保持领先要付出的太多。付出难，

用自己的声音说出梦想

> 走遍全国各地，遇过许多人。现在我终于了解，只有当我对自己坦诚，不戴面具，忠于自己的价值观时，我才能真正感到幸福。
>
> ——《这辈子，你该做么？》，坡·布朗森

在社团昏暗的办公室里，就那么随意地倚着一块破垫子，听着对面大一新生兴致勃勃的讲话："在哈佛可以跟同学谈些有水平的话题，真的很棒。"

扑哧，坐我旁边的仁兄笑出了声，露出不屑一顾的表情。"哦？你们都谈些什么有水平的话题呢？"

哈哈哈……连我也忍不住笑了，并认真地看了看身边这位。

他叫佛莱迪，是四年级的学生，过来人。想当初他刚入学那会儿也是装模作样地想要谈"高水平的对话"。既然如此，我干脆问佛莱迪："你要不要当我的采访对象？"

佛莱迪爽快地回答："OK。"

与其说是采访，不如说是闲聊。和佛莱迪谈话让人很放松，不知不觉中两三个小时就过去了。我不得不承认，佛莱迪很特别。在此之前，我所接触到的哈佛学生都爱打官腔，他们好像都背负着一种必须成功的重担，但佛莱迪真的是在用自己的声音说自己心里想的，他身上散发着驰骋快意的自由味道。

佛莱迪的父亲是西班牙人，母亲是葡萄牙人，他们原本住在古巴。佛莱迪七岁时，一家三口移民来到美国，佛莱迪在加州度过了他的高中时光。我认识佛莱迪时，他还未取得美国公民权，无论是在法律层面还是他个人的心理层面，他还是古巴人。

"我既不是追求学分的书呆子，也不想当什么风云人物，学生会之类的'政治性活动'完全找不到我的身影。至于那些能博得好评的活动，算了，还是饶了我吧。我可以说是无欲无求，这在哈佛很少见，是吧？"

是啊，跟典型的哈佛学生比起来，佛莱迪确实不一样。哈佛的生活就好像打了鸡血一样，无论走到哪里，鼓励和赞美就好像是一条鞭子，抽着你前进。虽然赞美能让人有成就感，但时间久了也会感到厌倦。佛莱迪的话深深打动了我的心。

佛莱迪是哈佛里的"非主流"——古巴人、天主教徒，而且他还是一名同性恋者。他在小学五年级时发现了自己的与众不同。

"有很长一段时间我无法接受自己是同性恋的事实。我不断催眠自己'我喜欢的是女生'，但是没有用。晚上睡觉前，我都祈祷：'明天早上请让我变成喜欢女生的男孩。'但睡醒后什么都没变。我这么痛苦却没有神来帮我，所以我再也不相信神了。现在我是个无神论者。"

无法对外人言表的痛苦，让佛莱迪在高中时异常苦恼，最终，他选择了孤独，不去想自己的不同，不再期待改变，专心读书。他不参加舞会，也不跟朋友相聚，一个人的时候，他就玩电动玩具。

刚来美国的时候，佛莱迪一家也因语言不通而四处碰壁，窘迫的经济条件让这家异乡人倍感凄凉。

"我们家在美国社会算是下层，经济不宽裕。像是买新衣服或是和家人出去吃饭这些事，我小时候连想都不敢想。一年能买三四个新玩具，我就很满足了。"

佛莱迪是母校有史以来第一个进入哈佛的学生，在此之前，他完全没见识过真正的哈佛学生。刚开始他感到不安，担心自己会与新环境、新同学格格不入。入学以后没多久，他发现其实大家都差不多。"我认识到一件事，那就是不管做什么，'都一定要做我喜欢的事'。我高中时数学和物理很好，所以我深信在这方面我是个天才。但是一来到哈佛以后，天啊，像我这样的'天才'简直到处都是。"

一直以来都深信是天赋的东西，结果发现所谓"天赋"其实很普通，那根本连"才能"都称不上——事实着实打击了佛莱迪。

哈佛是人才聚集的地方，它最不缺的就是各种天赋异禀的人。

"同学当中有很多真正的天才，数学概念对于他们来说简直是小菜一碟。他们让我认识到其实我根本就不是什么天才。再说，就算有些地方我比较擅长，难道就意味着我以后会从事相关职业么，不一定吧。"

我从佛莱迪身上学到了一点，那就是，当一个人在某方面比身边人擅长时，绝不能把它误认为是"才能"，更不能立刻头脑发热做出什么重要的决定。

不要把一生都投入在只比别人略强的项目上，而是该找出自己真正喜欢的事。比别人擅长貌似是很客观的判断，但只不过是比较对象不同罢了，如果换一个人对比，结果可能大相径庭。"喜不喜欢"虽然主观，却是自己的真实想法，任凭比较对象变化，也不会出现天壤之别。

"自从进了哈佛，那些真正的好学生把我的自信摧毁得一干二净。但我一点都不怕，因为我又找回了我自己。现在，我找到了自己真正喜欢的。有了这个，我就又可以自信满满地面对这个世界了。"

对佛莱迪来说，读书是件快乐的事。他觉得日语很有趣，小时候常打日本电动游戏，让他很自然地对日本文化产生兴趣。也正是因为这样，他选择专攻"东亚地区研究"。

佛莱迪是按时完成课业的那种学生。在哈佛，如果把该做的事情拖延一周，那简直是自寻死路，跟"踩进地狱里"没两样。支配时间的人，才能掌控自己的人生。不想"找死"，必须勤奋读书。如果佛莱迪可以做自己想做的事，他会选择继续攻读语言，不过他还有债务需要偿还。尽管他有奖学金，也有兼职，但还是需要贷款才能够维持学业和生活。佛莱迪说他为了还钱，只能先去做报酬比较高的工作，比如金融、投资，等工作几年把负债还清后，再去做他想做的事。幸好在职场中，"哈佛毕业证书"就是保险。

"只要说是哈佛学生，人家就认为你的水平肯定不一般，这让人很感激。可名校毕业生，也要努力，不仅要努力工作，还要努力迎合众人的期待。"

佛莱迪认为潇洒的人生只需要几名好朋友和古典音乐。

"我想只要赚一些钱，不让我的生活为钱所困，就可以了。"

我不得不承认，在某一方面，佛莱迪真的是个天才，他懂得细细品尝自己的每次努力，每个生活的片断，以及它们的意义。

哈佛人的大学生活法则

在自己所立下的、几乎难以达到的成功标准里，和自己过不去，责怪自己无能，这样做会慢慢侵蚀掉你的精神，影响你反省自身的错误，以及学习经验教训的过程。

——《记得你是谁》

哈佛毕业的学长曾经给过我如下的忠告：

"想在哈佛快乐度日？其实很简单。只要不被退学留级，就算是最后一名也没关系。反正大家得到的毕业证书都一样，谁管你是第几名毕业的。记住，能毕业是最重要的，至于和别人竞争较劲，真是没什么必要。"

这是很实在的忠告，但是这种话好像曾经在哪里听过。哈佛学生常会谦虚地说："期中考的名次落后一点没关系，只要及格就行了。"但其实他们还有一句话没说，那就是"那只是对你，反正我不会这样"。这样的学生会因为太有竞争意识而无法自拔。

没有错，一个毫不争先、与世无争的人，不可能踏上通往哈佛的路。会在哈佛窄门相聚的人，都是一些习惯激烈竞争、某种程度上爱好竞争的人（即使像佛莱迪那样，也会在自己喜欢的领域内和别人竞争），他们喜欢克服困难之后带来的巨大喜悦。

我在哈佛特别容易感到疲倦。身在异乡，读着那些艰深的东西，不累才怪。但是让我奇怪的是，好歹我也读了那么长时间的书，也在职场打拼过，怎么也该有一套自己的生存法则，就算不是很完美，至少也可以应付得来一般情况啊。可事实上，那套方法完全不管用。

这太出乎我的意料，我开始慌了。

哈佛给出的目标是"思想自由，生活严谨"——完全就是两个相反的命题，可学校却要求学生一定要做到，如果想达成这个目标，学生的生活就必须严格而单纯。

当生活无所节制、太过自由时，就不可能产生有意义的想法。先老老实实地读书，心甘情愿地忍受读书所带来的沉重压力，直到某一个时刻，才有可能灵光乍现，爆发出绝妙的想法和创意。也就是说，量变之后，才有可能引起质变。

刚开始我还不懂这些道理，只觉得每天都有一堆作业要写，还想让我们出好点子，这简直是强人所难。其实，尽全力做到该做的事，前进反而没有想象中那么困难。

工作也是一样，要先认真工作，才会有扎实而新颖的构想出现，只坐在那里空想，是不会有任何想法的。通常忙的时候特别会分配时间，可以同时做很多件事；反倒是空闲时间太多，就算只做一件分内的事，也会觉得吃力。

正在跑的汽车要稍微加速并不难，一旦停下来想要再跑，车子就必须重新启动，而且会更耗油。正所谓不怕慢就怕站，领悟到这点之后，我才发现："啊，原来是早就明白的道理。"领悟之前，走些弯路是难免的。

我也曾经和许多韩国留学生一样，成天劳累不堪，之所以会这样，是因为我们缺乏自我的训练。有的人很早就开始自己一个人住，适应哈佛生活还好。可如果没有独立生活的经验，想解决基本生活问题就会很困难。

哈佛的韩国留学生当中，那些成功人士都有一个共同点：他们懂得计划生活，也能按照计划去执行。读博士的学生里，有几个是传说一般的人物，是每个人都想结识的大神。他们的生活方式好像教科书一样，以一学期、一个月、一星期为单位来拟定计划，有的人连一星期的三餐菜单都会安排好。

如果生活能过得如此严密紧凑，不仅能按时完成作业，甚至还能超前完成。第一次见到这样的学生路过时，有人告诉我说："这个人把教授出的功课都写完了，而且还能预习。"我不由自主地羡慕嫉妒恨："真是可怕！怎么可能做到？我才写一点点就已经累得要命。"

如果可以有计划地读书，注意健康，懂得策略性地安排休闲，留学生活不会那么痛苦。因为如果你的生活有条不紊的话，那么即使是繁重的课业，也可以游刃有余。那些没有计划只会盲目读书的学生，早晚有一天会崩溃。如果希望能承受繁重的功课压力，还能保证生活、学习质量，第一件要做的事就是"先把架子搭起来"，必须维持基础工程的稳固。而接下来，才是积极思考，发挥创意，进而获得比别人优越的评价。

要建立稳固的基础工程也是有秘诀的，这是有一天逛书店时从书里找到的。书名叫《哈佛经验——学生的心声》，作者是哈佛教育研究所教授理查德·莱特，我曾上过他的统计学课。

这本书从一个普通而重要的问题点——"同样是哈佛学生，为什么有些学生可以过着成功的大学生活，有些却不能呢"——出发，用十六年的时间访问了一千六百名哈佛学生，最终才写成了这本书，可以称得上是"哈佛人的大学生活成功法则"。简单说来书中法则可归结为如下9条：

1.做好时间管理

作者将学生分成两组来调查，一组是会读书又热心参与课外活动、各方面都表现良好的学生，另一组是无法在读书和娱乐中兼顾的学生。他们之间最大的差异，就在于时间管理的能力。成就越高的学生，越注重把握时间，成就较低的学生则毫无时间观念。所以，比读书更重要的，是尽快熟悉有效率的时间管理方法。

如果用高中时期的时间观念去读书，不会适应大学生活。此外，利用零碎的时间读书也不是一个好策略。想要有效率地读书，第一步就是要有一段完全不受打扰、长达数小时的完整读书时间。试着先以一星期为单位，分析自己是如何安排时间的，然后找出改善方案吧。

2.和教授亲近

想和教授亲近，首先要让教授记得自己的名字。每个学期和两名教授保持密切的联系，让他们注意到你，到了四年级时，保证学校里至少有八位比较亲近的教授。尽量常去找他们吧！在你要选择专业方向或是决定出路时，他们都是最好的咨询者。教授的一句忠告，很可能就是指路的明灯。当你要找工作或进研究所时，写推荐信的人也是教授。

跟教授亲近后的最大改变，就是教授会让你对学校产生强烈的归属感。能享受大学生活的学生大部分都曾经直接从教授那里接受过建议。为什么拿不到高分？交的报告有什么问题？直接去问教授，请他给你意见吧。这是成功度过大学生活的第一步。

作者做过一项实验，将四十名成绩不佳的学生分成两组，其中一组去找教授，请求教授帮助学习，另外一组则未采取任何对策。结果未请求任何协助的学生渐渐变得孤立，觉得学校如牢笼，最后一无所获。

3.均衡选修多样课程

觉得大学生活很辛苦的人，几乎都是选修在大教室上课的通论科目。通论科目内容泛泛而且很枯燥，读起来当然会累，而且很容易乏味。

选修通论的学生，大部分是打算在第一年上完必修科目，第二年决定专业之后，从三年级开始再集中选修专业。这样一来，大学生活就会变得很无趣。因为修的都是自己不喜欢的科目，而是不得已、必须读的东西。这样读书就好像做苦行僧一样，怎么会快乐。吃完饭尚且要吃个甜点，何况是上课，当然要选择自己喜欢的课来听。

尤其在一、二年级时，最好多选修一些性质不同的科目，尝试不同的东西才能找出自己喜欢的领域，等到三、四年级必须集中攻读专业科目时，才不会后悔说："早知道当年就选择别的专业了。"

4.选择习题和考试多的科目

尽量不要选一学期只考一次试的科目。那种科目看起来容易，却不会有什么收获。最好选那种小考不断、经常有作业的科目。这种科目内容丰富，教授也比较有诚意。

经常考试，代表教授随时都在评估学生的实力。对学生来说，由于可以在期末考试之前随时检查自己的进度和实力，就算一开始考不好，还有很多机会弥补。如果一学期只交一次报告，再根据那份报告来打分数，学生就有可能被一棍子打死，失去评估自己实力的机会。这样学到的东西也会很有限。

5.组成学习小组

在韩国的时候，课堂上所出的作业都必须自己完成，如果写到一半和其他同学讨论，可能还会被怀疑作弊。不过，近来美国所有的大学都鼓励学生以团队的方式共同学习，也有很多教授直接把学生分成多个讨论小组进行教学。

大学里，越是那种自己窝在图书馆拼命读书的学生，成绩就越不理想。尤其是用这种方法在高中取得好成绩的书呆子，情况会更严重，这种方式并不值得鼓励。

最理想的方式是自己先了解作业内容，然后再与四到六名同学组成学习小组，共同讨论，这样更能加深对课堂内容的理解程度。不要指望从教授那里得到正确答案，应该从同学那里学习。尤其是专攻自然科学的学生，因为有许多复杂的概念必须自己研读，对他们来说学习小组就更为重要。

6.对作文多花点心思

71%的哈佛学生，一年至少要写十篇报告，每篇至少六页。大学四年里最花心思的部分就是论文，所以应该广泛地听取意见，不光是教授的，同学的意见也很重要。能用文字准确传达出自己的想法，是日后成功的必要法宝。作文必须经常练习，那些要交很多短篇报告的课，会比只交一两份长篇报告的课好，因为"业精于勤荒于嬉"嘛。

7.学习外语

相比于其他课程，外语课耗费的时间更多，作业和考试也会很多，是一门让人讨厌的科目。但付出一时，回报一辈子。学生们在毕业后回忆起最喜欢的科目，很多人的回答是外语。还有人回忆大学时期最后悔的事，就是没有多学些外语。毕业生都说，虽然学习外语很痛苦，但实际上，内心充满了快乐。

大部分的外语课，会把学生分成小班，讲师每天让学生练习听说，不仅经常考试，分组活动也很多。这样看来，外语课可说是具备所有最佳学习条件的科目，非上不可，稳赚不赔。

8.投入与读书无关的课外活动

要读的东西太多，就应该将课余活动统统取消？NO！这并不是好主意。

在大学，应该懂得如何享受大学丰富的课余生活。问问只会读书的学生，他们对大学生活并没有什么愉快的回忆。

除了读书之外，至少还要有一项能够让你全身心投入的活动。不管是为了赚钱的工作，还是运动、娱乐或社会服务，总之，试着去做读书之外的事情吧。学习成绩不会因为少了每星期让你快乐的20小时就大步退后的。参加活动反而会让生活的满足度提高，也是让学校生活更愉快、更具有效率的秘诀。

9.有问题一定要问

学校里有很多愿意帮助他人的学生，但是，想让人家帮助你，必须要先求助才行。如果什么都不说，一心等着别人主动询问，那才是白日做梦。当你觉得有问题时，最好找人商量讨论。成绩不佳只是冰山一角，它所反映的，是大学生活里有我们看不到的重要问题。

因为成绩不好而陷入苦战的学生分成两种，第一种是无法与其他同学相处、被孤立的学生。这些学生不参加课外活动和任何学习小组，只想凭一己之力取得好成绩。虽然他们每天都教室、图书馆、宿舍三点一线，读书读到很晚，但成绩依然平平。越是这样，他就越用功，结果恶性循环，成绩不进反退。

第二种则是不对教授和同学说出自己的困难，也不请求他人协助的学生。大家都不知道你问题出在哪，怎么可能会帮你解决问题呢？沉默所付出的代价很大，如果不努力从这个怪圈里跳出来，就极易陷入绝望的深渊。

买了这本书之后，我坐在附近的咖啡厅里翻阅着，不由得感叹："唉……要是二十年前我读过这本书就好了。"以这本书作为标准检测我的大学生活，结果还真惨不忍睹呀。想想还真是有点遗憾。

真正的自信，是来自克服困难的那一刻。回顾大学时期，没有像哈佛学生一样有计划地认真读书并不是我感到最可惜的事。最可惜的事情，是我不曾在年轻时挑战自己的极限。

没有挑战过极限，也没有将自己的能力做最大的延伸，这点让我生气。

二十几岁是开拓者时代，如果过没有冒险的生活，就跟死了一样。可当时的我不懂，真是太可惜了！人们羡慕哈佛的学生，羡慕他们的生活，可是像他们一样快乐而充实，疲惫而满足并非哈佛学生的专属权益——任何人都可以做得到。这点，才是最可惜的。

3 为什么哈佛要他，不要你

- 无论竞争多激烈，学校终究还是温室——学生被丢进狂风暴雨的荒野后，才会了解，现实生存要比荒野求生更加艰难。

- 个案方式不着重教导内容，而是着重教导方法。坚持采用相对困难的个案教学，目的是把知识留在学生的头脑里，而非笔记本上。

- 判断自己是否"已经尽全力"比其他人评价你"是否优秀"更加重要。

- 美国大学没有教什么特别高深的学问，它不过是在培养一种习惯：在相同的时间内有系统、更高效地吸收更多的知识。

- 单纯的聪明没有太大的意义，当一个人只有聪明时反而更危险。

- 跨入精英集团的门槛，并不等于你自此可以高枕无忧。哈佛的制度绝不允许有人搭便车混入集团，拖累集体的生产力。

- 越有能力的人，越会精心管理自己的身价。能从做过的事情当中，整理出自认为可以得到高评价的部分，这就是用"提升自我价值"的观念在管理自己的经历。

哈佛为什么为你亮灯

哈佛商学院的第一门课程不是MBA而是适应：适应满满当当的课程、行程，适应和精英竞争的压力，适应每个人竭力向前跑的压迫感。

如果把哈佛大学比作一顶王冠的话，那王冠上最夺目的宝珠，非哈佛商学院莫属。而在哈佛的诸多学院中，哈佛商学院又是孤傲而离群索居的——别的学院都统一战线在查尔斯河这岸，商学院却独立河对岸，傲视群雄。因此，肯尼迪学院的人给商学院起了个绰号叫"河对岸"。

据猜测，原因有二：一、地不够。剑桥市巴掌大的地方，不够财大气粗的商学院活动手脚，商学院只得盖到了河对岸。二、氛围不和。哈佛以纯粹的学术殿堂自居，盖一座"教人赚钱的学院"有点打脸，所以校方决定把它送到河对岸。

不过，商学院的选址初衷已经是一百年前的事，真假无法考证。如果这两种猜测，你非要信一个，或者买一送一，全部相信，我也没办法。

不管以前如何，现在哈佛商学院可是哈佛大学的头号招牌，了不得。美国是个尊崇企业人的国家。凭借与众不同的构想而创业成功的人，能够给别人提供工作机会点亮灵感的舞台，这种人不受尊敬，岂不是毫无天理。

MBA是培养美国企业所需专门人才的课程，是成功企业家的必修课。如果你想进入跨国大企业、顾问公司、投资银行工作，身上必须得有这块敲门砖。商学院也被视为美国、世界各国储备经济人才的"企业管理精英的工厂"。

美国周刊《美国新闻与世界报道》在2007年将哈佛商学院评为美国最好的商学院。这是以美国三百多个MBA课程作为调查对象，综合学术界和商界评价、就业率，以及学生的大学成绩、GMAT成绩、毕业后的起始年薪等各项数据得出的评分结果。

从细部资料来看，哈佛商学院在学界及业界的评价中是NO.1，学生的大学平均成绩为3.64分（满分4.0分），GMAT成绩707分，毕业后起始年薪约125527美元，毕业时的就业率为90.4%，毕业三四个月后的就业率为94.9%，也就是说，几乎所有的哈佛商学院毕业生都能找到工作。

其实，选择读MBA的人看中的不只是就业前景和收入情况，更多的是出于长远目标才选择了MBA。首先，读MBA可以习得终身受益的管理者基本素养。贴上"哈佛MBA毕业"的标签，别人会信赖你在管理方面的专业水平。另外，由哈佛商学院毕业生组成的全球性人际网络，也是可以生钱的利器。

美国经济杂志《财星》（Fortune）选定的美国企业五百强的最高管理层有20%的人毕业于哈佛商学院。由此可见，在美国要想成为一个成功企事业管理者——无论是自己创业，还是进入大企业成为最高管理阶层，读哈佛商学院确实是个明智的抉择。

哈佛商学院挑选学生相当严格。2000年每10个申请者中有1个被录取，2005年前后的录取率稍有提高，到了2008年达到15%。

如果想读哈佛商学院，想知道哈佛商学院录取的都是哪种学生，不妨先看一下往届的入学申论题目。2007年的入学作文，第一个题目是：你大学读的科目中，MBA入学审查委员会知道的是哪些；第二个题目是：请列出你到目前为止最重要的三项成就，并给出理由；第三个题目是：请列出你担任领导者时的优点和缺点；第四个题目是：试说明在工作中如何解决伦理性问题。

不要诧异，这就是美国大学及研究所会提出的问题。简单吧？但要回答得好，得到高分，很难。很多申请MBA的学生，会为了回答再三斟酌，一改再改，还会寄给同学或前辈看，要他们提意见，询问自己回答是否有说服力。为了屈指可数的几个问题，学生们头疼几个月再平常不过。

事情就是这样，要是问你对最近发生的商业事件有什么看法，你多少都能根据某个经济理论说些什么。按理说这个问题要比"你是什么样的人，到目前为止做了些什么，认为自己具有什么样的潜力"之类的问题难多了。简单的问题之所以不容易回答，是因为越是简单的问题越不容易答得精彩。

负责入学审查的教授们阅卷时，脑海中会同时对申请者的特质进行扫描。要知道，同一个问题会有超过6000名申请者给出答案，其中只有15%的申请者能得到入学许可。这是相当可怕的事情。写什么，怎么写，可是关乎命运的事情，怎么能不难！这时候必须懂得推销自己的潜力，给阅卷教授留下鲜明印象才行。

近来，哈佛商学院的入学甄选过程，已经不像过去那么重视工作经验。他们不会拒绝有能力而缺少一两年工作经验的"潜力股"。这不是说实际工作经验这点不重要。2005年的毕业生中有超过55%的人有三到五年的工作经验，有一到三年工作经验的学生占25.6%，有五年以上工作经验的人占18.2%，而未满两年工作经验的仅占1.1%。

一群既聪明又积极进取的学生聚到哈佛商学院竞争，其结果不是活跃而是凝重。开学伊始，有着各种资深背景的人（平均是800人左右），被分成80人规模的班级，开始类似韩国高三生的生活——祸福共享，充实与痛苦齐飞。

说起来，哈佛商学院的第一门课程不是MBA而是"适应"：适应满满当当的课程、行程，适应和精英竞争的压力，适应每个人竭力向前跑的压迫感。就算在职场上打拼过多年，见识过各种激烈竞争，经历过人生苦痛的人，也会不无疲惫地感慨："怎么搞的？简直是累死人不偿命呀。"

哈佛商学院的学分是三分制，一个班内会有10%的人得一分，80%左右的人得二分，10%的人是三分。这也就是说，一班80多号人，总会有8个人无可避免地成为那10%。

在哈佛商学院最惨的遭遇莫过于"打屏幕"（hit the screen）。如果有个学生有超过三个科目的分数是三分，那么他的名字就会自动出现在学校行政室的计算机屏幕上。那么这个学生有可能遭遇被退学的危险。因此，要是某个人号叫说："该死，打屏幕啦。"那你最好离他远些，否则，挨打的不是屏幕而是你了。

遭遇"打屏幕"后，作为当事人的学生会被叫到由几名教授所组成的审查委员会，被要求写未来的读书计划。教授们看过计划书后给提意见，建议他下学期选什么课才能挽回局面，然后给他复活机会。教授们很少"见死不救"，认真写计划书，真心悔过的学生都有机会重生。可尽管如此，学生上了一年学后无声无息消失的情况还是有的。

听起来有些瘆人，但是打屏幕、被退学绝不是危言耸听。哈佛商学院里都是聪明人，大家为了不做全班的10%，连吃奶的劲儿都使出来了。

不少人对"必需的10%"提出过质疑，认为能够进入哈佛商学院的人，绝对是能力相当的精英，没有必要用这10%来卡人。话是这么说没错，不过无法在这种竞争下存活下来的人，又怎么算得上是精英呢。

精英不迎击挑战也很容易退化为失败者。

在哈佛商学院真正被退学的人非常少，一年只有三四名而已。但每年都要让三四名不努力的学生吃苦头，是哈佛的传统。也就是说，谁都有可能成为这三四名中的一个，所以学生之间的竞争相当激烈。

一流甚至特级人才就是通过这种严苛的训练培育出来的，这就是哈佛商学院的人才管理方法。虽然魔鬼，但你不服不行。就现实来说，学生毕业后进入职场，会碰到不知比学校里严酷多少倍的竞争、状况。问题可不管你是一流大学毕业的，还是野鸡大学毕业的，一律要你好看。

无论竞争多激烈，学校终究还是温室——学生被丢进狂风暴雨的荒野后，才会了解，现实生存要比荒野求生更加艰难。

个案研究：把知识留在脑袋里

对个案研究这种授课方式的评价最高的人，不是教授，也不是在校生，而是离开校园的毕业生。任何学到的东西都是有用的，只是效果显现往往有不同程度的滞后性。

想了解哈佛商学院，首先要了解"个案方法"（case method）教育。所谓个案方法，简单来说就是个案研究。"个案"是篇实例，内容并不长，只有约十到二十页的分量，可以轻松阅读。

哈佛MBA课程的80%都是以个案方法进行的，两年的MBA课程要处理超过五百个个案，学生借助各种各样的案例，练习处理企业在现实中有可能碰到的各种问题。

几乎所有的个案研究都有两个共同点：紧张和两难。管理工作最常遇到的问题不也是这两个吗？在竞争对手虎视眈眈，情况随时可能发生变化的情况下，花费三四个月的时间做一个研究基本上是不可能的事。

上个案研究的课程中并不是为了找出一个完全正确的解决方案，它注重的是制定应对措施的方法而非内容。这就是所谓的"授之以渔"。

举例来说，金融课上曾讲过一个在线DVD出租公司Netflix如何成功的案例研究。Netflix是我在美国经常光顾的公司，一个月付10到15美元可以租三到五片DVD。在其官网上，我将自己想看的电影列成目录，看完一个片子归还时，他们就会把下一个片子寄过来。在美国这种邮政发达的国家，Netflix的这个制度相当方便。有Netflix，就不必亲自跑到小区的影带出租店挑来拣去了，非常适合特别懒的人和特别忙的人。

这家公司初期的成长速度相当快，但是Netflix将来的发展前景如何呢？会员会增加多少呢？现在的定额制收费、DVD购入、配送等所需的费用将来又会产生什么变化呢？在五年，甚至十年后，Netflix是否还能继续获利？这些问题都是讨论的重点。为了预测这些变量，学生们需要做出该公司的收益模式，综合考虑竞争厂商的对策、市场的限制等多重因素。

哈佛商学院从1920年开始采用个案研究，截至2008年，该方式已经稳定维持了近九十年。哈佛商学院的校务基金有相当部分花在了个案开发上面。

对这种授课方式的评价最高的人，既不是教授，也不是应届在校生，而是离开校园的毕业生。任何学到的东西都是有用的，但是其效果显现往往有不同程度的滞后性。进入职场后，教室里所学的个案课程发挥效果，对参与实战的毕业生来说有很大帮助。

如果选择一本教科书当上课教材，对教授来说会轻松很多，照本宣科，略微有发挥，课堂效果就会不错。这样做省时，省力，省钱，甚至连动脑筋都帮学生省去了。无法让聪明的学生独立思考，是传统授课方式的致命伤。哈佛商学院的学生将来是必须做出重大决定的管理者，毕业前必须接受批判性、创意性的思考训练。

一般课程的内容再怎么充实，也会很快被忘记，教授的板书、授课内容经过学生的手抄在笔记本上，思考的训练到此结束。相比于此，个案方式不着重教导内容，而是着重教导思考、判断、决定的方法。坚持采用相对困难的个案教育，目的是把知识留在学生的脑袋里，而非留在笔记本上。

以前常听到别人提到个案方法课程，心想：在哈佛读书时，一定要去见识见识"个案研究"。我原来只在喜剧电影里看过哈佛大学书虫上课的情景，当时还觉得在哈佛上课很有趣。可现实不给想象泼冷水那还叫现实吗？亲自在肯尼迪学院领教过"个案研究"的风采后，我不禁高呼："天啊，世界上再没有比这门课程更让人心惊胆战的了！"

个案研究的授课方式始于哈佛法学院，教授和学生借助对话交流想法，达到授课的目的。因此，个案方法也被称为"苏格拉底式上课方法"。

在个案研究的课堂上，教授点名的方式分为冷点名、暖点名、热点名三种。冷点名是指教授以随机的方式指定任何学生。

冷点名的教授都是笑面虎，态度亲切，随时准备把问题炸弹抛给你，因此教室里的气氛相当紧张。突然被点到名的人不是脸红，就是颤抖，不仅声音抖，有的学生连腿都颤抖。不好意思，我是其中既会脸红又会颤抖的人。

不过，到了哈佛之后我发现，原来会紧张发抖的不止我一个，瞬间松了一口气。

暖点名是指顺序点名。教授会在上课前悄悄告诉学生"今天从某某开始"。学生能有五到十分钟的准备时间，这时间虽然短暂，总也好过突然被点到。

热点名是教授干脆指定几个人，让他们可以在课前预先准备。因为可以事前做充分准备，所以不需要特别担心。

即使是经常冷点名的课，一学期也会有一两次放生（如果教授向你喊"Pass"，代表要你过关）的机会。某个经常冷点名的课堂上，一名没有充分准备的学生中标，被教授喊"Pass"，教授冷冷地说："你看，现在是不是很像在玩牌？赢总是很让人意外。"这种冷嘲热讽让那名学生颇为难堪。

还有一种课，既不用冷点名，也不用暖点名，它只让举手的学生发言。助教坐在教室后面，一一抄下举手学生的名字，有时还会对学生的发言内容评分。在这种课上，分数的高低和你在课堂上的活跃程度是成正比的。上课不积极举手的学生，就别想得到高分。

教授都是名捕，最擅长捕捉课堂上开小差的学生。平时不爱冷点名的教授，有时也会突然叫人回答问题。他会毫无预警而自然地问："某某，企业人进入政府机关做事后，最大的不同会是什么？"这时托马斯眼睛都张大两倍不用说，就连坐在教室里的其他学生也会惊讶到下巴拖地，想着："咦，教授今天吃错药了，怎么突然放冷箭？"

上课的气氛在教授的冷箭刺激下变得相当紧张了。赖在座位上的我对发言、分数什么的都不关心，主要是因为关心也不加分，我只能像白杨树般地要么沉默，要么颤抖。我可不想直接面对教授的视线，于是假装眺望远方。估计，和教授四目相接，他也不会点我。因为我的紧张是掩饰不住的，没准儿他会担心如果点到我，我会因此而气绝。

沉默是美，不在沉默中爆发，就在沉默中死亡，这是亚洲学生的格言。在教室里多半的亚洲学生都会比较安静。长期在美国读书的话，或许不会这样，但是因为亚洲人没有强烈表达意见的习惯，所以在参与个案研究时，压力会比西方人大很多。

有位美国教授曾说："在美国的课堂上保持沉默，有可能引起三种误会。第一，没有事先预习；第二，对这门课程不感兴趣；第三，对教授的意见持否定的看法，或者质疑这堂课的存在价值。所以，上课时越沉默的学生，就越有可能给教授留下不好的印象。"

然而这种上课方式是否真的有效果？即使是哈佛学生也不一定能给出一个贴切的答案。有的学生讲了一些不相干的话，让原本刚迈出一小步的讨论后退了三步。有时候教授控制不了学生，致使整个研究讨论完全跑题，甚至在完全没有交集的情况下草草结束。

参与那种由缺乏经验的教授主导的个案研究，简直是浪费时间。有时候大家会花时间听某个学生发表与主题无关的冗长言论，碰到这种情况实在很想说："教授，不要浪费时间绕一大圈，你干脆简单整理我们该知道的内容，直接替我们上课好了。"

不过，和那种由教授直接传达自己见解的授课方式相比，个案研究通常需要更多的准备，而且可以训练学生独立思考的逻辑和能力。这就是它的优点。如果你不想积极参与的话，没必要强迫自己坐在那里硬听完。

必须告诉别人"我知道……""我觉得这样……"的压力，会让你产生有创意的想法，而教室里的所有学生可以在这个过程中互相学习。

耶鲁大学，永远的对手

没有竞争，不等于没有竞争意识，在轻松的学习氛围下其实到处都是看不到的隐性竞争。耶鲁的学生都是和自己竞争的人。他们需要对自己的决定和未来负责。这可不是闹着玩的，弄不好，轻松的氛围会成为埋葬未来的坟墓。

除了"哈佛模式"这种透过激烈竞争锻炼实力的方法之外，培养优秀人才的方法还有好几种，其中哈佛的劲敌，耶鲁法学院的教育方法可与"哈佛模式"一争高下。至少，耶鲁法学院的学生是这样认为的。

有一次，去耶鲁大学采访，碰到一名法学院的学生，他建议我说（显然，他嗅出了我的好奇心）：耶鲁法学院可是前总统克林顿和参议员希拉里夫妇的母校，布什总统父子也是从那出来的。要想知道，耶鲁到底是怎样一所学校，亲自去康涅狄格州的纽黑文市看看吧。

好奇心一忍再忍，还是忍不住，那就别憋着。

不看不知道，一看吓一跳。耶鲁的校园比哈佛校园更大，更宏伟，更难进。

耶鲁一年只招收一百八十名精锐分子，它的法学院更是以挑剔、苛刻的录取标准而在美国知名，若不是把耶鲁法学院列为第一志愿的精英，是不可能被耶鲁收编的。培养专业律师看似耶鲁法学院的本分，可人家的野心远不止于此，它鼓励毕业生从事公职，致力于广泛的法学教育，希望能培养具有社会影响力的领导人物。

哈佛提倡竞争，相比之下耶鲁大学更加温和。它不鼓励同学之间的竞争，更不会让学生变成书呆子，它训练学生能更深远地思考法律与社会的关系。这点是耶鲁法学院和其他学校的不同之处。

我在耶鲁法学院图书馆的一间会议室里，集体采访了四名三年级的女学生（美国的法学院都要修三年的学士后法学专业学位课程）：米雪尔、克萝莱茵、凯伦和妮可。现在来听听她们怎么说耶鲁法学院。

听说耶鲁法学院不给学生打分，学校的气氛相当轻松。在

这种缺少理性评分和竞争的气氛下，学校要如何保证教育质量呢？

米雪尔：耶鲁没有A、B、C等级的评定，一门课程只会评定你是及格还是不及格，所以我们从没有过学分上的压力。可是耶鲁的学生不是鞭子下的牲畜，就算没有人逼，大家也会认真读书。大家都想把自己做到最好，追求最好的。

我一年级上学期每天都在读判例。因为要读的东西实在太多了，多到死命读都读不完的程度。二年级时也大致决定了未来的工作方向，加上有论文要写，所以必须更用功。三年级的开始，我才稍微感觉轻松了点。也正是从三年级之后，我开始读专攻领域之外的书籍。

呼，总算可以松一口气了。自从进入耶鲁法学院后，我就没有像现在这样轻松地读过书。啊，轻松阅读，真有趣。

妮可：没有竞争，不等于没有竞争意识，在轻松的学习氛围下其实到处都是看不到的隐性竞争。举例来说，教授每次发问时，都有很多学生积极举手发言。只是和其他法学院相比，在耶鲁不喜欢的就可以不参与，没必要肩负压力地试图证明自己比别人优秀。这是耶鲁大学的优点。你想当检察官也好，当律师也罢，学校都会给你提供机会让你按照自己的目标专心读书。机会有限，每个人都想争取，你说这种情况下谁还敢偷懒呢？耶鲁的学生都是和自己竞争的人。他们需要对自己的决定和未来负责。这可不是闹着玩的，弄不好，轻松的氛围会成为埋葬未来的坟墓。

凯伦：我在学校里经常听到同学之间说要互相帮忙、一起努力，很难听到谁说为了成为第一名而努力。这里的学生从小都是学校里的超级明星，没有必要就谁"更超级""最超级"的问题一争高下。你自己觉得好就好了。

克萝莱茵：我觉得最重要的是"尽力去做"。进入耶鲁法学院学习本身就是在追求最高目标了。在这个过程当中，判断自己是否"已经尽全力"比其他人评价你"是否优秀"更加重要。不想"尽全力追求最高目标"的学生，估计也不会花那么多钱来耶鲁吧。如果抱着毕业之后找个工作的念头来耶鲁，也不会在每个科目上花大力气。教授对我的评价，不足以构成我读书的动力，更不会完全主导我对自己的评价。我想在从事的领域中当个好律师，这个长远的打算不会因任何人而动摇。

你在耶鲁法学院读书时得到的最重要的经验是什么呢？

米雪尔：我的职业理想本是医生，因为想上医学院，所以大学读的是生物学。可是要成为医生需要很长的时间投入。而且"医生"对我的吸引力不是特别大，我有时会怀疑，当我真正地成为一名医生之后，是否还会觉得"医生是个不错的职业"？一番苦思冥想地挣扎后，我决定弃医从法，改读法学院。如果说在这里得到的最重要的经验，那我会说："逻辑、批判、创意的思考训练。"这是训练一个人分析问题、找出方法的最佳途径，也是我今生的最大的财富。

妮可：不久前，一位正在准备申请法学院的朋友来耶鲁找我玩，我带她在校园逛了一圈后，她问我："巨大的木雕装饰，华丽的椅子，对学法律有帮助吗？"接着就是对学校环境一顿批判，什么"浮夸""浮躁"的全都用上了。事实上，耶鲁给人的感觉就是这样，我也曾这么想过。不过，在耶鲁待得久了，就会看到更深层的东西，它能给人自信，让你觉得你可以做些重要而特别的事。

毕业生主要都往哪个领域发展？

米雪尔：有一半的人会去律师事务所，也有人会进入政界、学术界，还有人会去当书记官。从某个角度来说，当书记官可以看成是法学院的四年级，听说当一年书记官所学的东西，比律师在事务所工作五年学的东西还多呢。

凯伦：耶鲁法学院学生在一年级暑假时，约有60%的人会去公共部门实习，但毕业后，60%的学生会选择律师事务所。教授们说："如果你觉得在律师事务所工作对社会贡献更大，那你就去吧。不过，当律师赚的钱很多，要记得给校务基金捐钱哦。"（笑声）

耶鲁大学出过好几任总统，比如乔治·沃克·布什，他的父亲老布什，还有克林顿。我听说耶鲁大学的很多科系，甚至连法学院都鼓励大家从事公职，实际情况是这样吗？

妮可：在美国社会里"拥有最多的人"就应该为"什么都没有的人"服务，学校从一入学就教育我们要培养"服务意识"，日久天长，潜移默化，这种观念已经深植在我们的脑海中，就像"自我暗示"一样，常常会想着为公益付出些什么。其实到目前为止，我已经比别人拥有更多东西了，所以心中有着强烈的责任感。

凯伦：因为大家都知道耶鲁的很多毕业生从事公职，所以不少学生是抱着将来踏入政界的梦想来到耶鲁法学院的。举个例子来说，当大家在一起喝酒时，绝不会有人在杯盘狼藉的餐桌前拍照，以免将来当上总统或议员时，狼狈的照片被挖出来放到网上四处流传。那可就不得了了。（笑声）

耶鲁法学院的教育方式及内容，和其他法学院有什么不同呢？

米雪尔：耶鲁比较偏重理论，内容有点像是法学和行政学的混合体。当然不是每个人都认同这种方式。学校不只教从事法律相关工作的实用技巧，还希望学生超越法律框架，作出更具批判性、创意性的思考。也就是说，耶鲁教育的目的不是让你成为法律的传声筒，而是要你养成更深度思考的习惯。

克萝莱茵：举例来说，在学到"正当的战争"理论时，教授会引导我们从决策者的立场去思考该理论的多个层面。当时坐在教室里的学生中，将来会用到这个理论的人不是很多，但是真要用到的时候，他们不会感觉到特别生疏。

　　我觉得更重要的是学校的气氛。学校常鼓励我们说："你们真的很特别，将来都是做大事的人。"这激励我们从更大的格局去思考，也让我们相信自己思考得比别人更周详。很多地方可以学习法律，但是能让你接受这种思考训练的恐怕只有耶鲁。

　　在法学院念了法律之后，有没有觉得后悔或受挫的时候？

　　妮可：当然会有。世界上有很多问题并不是法律能解决的。耶鲁从来不提供必胜法宝，它只会教你在遭遇问题时如何找寻制胜方法。去法庭看看，不是任何一方都可以当胜利者的。所有的人都获胜，不可能！

　　凯伦：法律是最后的解决手段。试过其他方法却没能解决问题，那就求助于法律。但是法律手段在解决问题时也有不起效的情况。遇到法律不能解决的案子时，我就会感到很受挫。连法律都不能处理的问题，还有救吗？一想到这里我就茫然。

　　采访，准确地说应该是讨论，进行了两个多小时才结束。之后，我们结伴转战咖啡厅，进行一波非专业的讨论——闲聊。忘记是谁感慨了一句：即使到了三年级，还是会被经常问到"你以后想当什么"，而非"这段时间你学到了什么"。不知为什么，与这四位法学院的女同学聊天时，我突然想到一句话——卓越的知识能力与良好的性格结合后，真正的人才就诞生了。大概是她们骨子里透出来的坚强、有思想的内在和知性的形象，诱发了我由衷的钦佩。

哈佛竞争式的教育，耶鲁逆竞争式的教育，很难说哪个更好。但耶鲁不打分数，并没有让读书上学变得更轻松。所谓的轻松，其实是因为大家明确知道读书是为了什么，所以不再彷徨（不知道为了什么读书上学，最累人）。不过若能找出适合自己的学校，不就可以引发自己潜藏的最佳实力吗？也许"有多种选择"正是美国整体教育的最大优点。

我在哈佛读幼儿园

我最大的问题不是会什么，不会什么，而是工作十年了，却还不知道什么经历和能力可以卖钱。不虚报，不说谎，不夸大，也可以推销自己。推销自己有法可依，可直到目前为止，我还未开窍。

"假设你明天要去人才市场，请写下自己能胜任的工作，让负责招聘的人一看就想：'啊，如果这个人真的能做这些工作，挖墙脚，我也要把他挖过来。'想象一下，你的脖子上挂着这张纸，然后去逛人才市场。"

知识管理的课刚一开始，教授就给每个人发了一张白纸板，发表了这通言论。

我埋头看板，执笔的手停在那里，心情茫然。

写什么呢？我能做的事情当中，有哪些是别人愿意投资的呢？除了采访报道之外，我还能做什么呢？每天忙忙碌碌，脚底着火一样四处奔波，到底在做什么、为了什么呢？

　　我最大的问题不是会什么，不会什么，而是工作十年了，却还不知道什么经历和能力可以卖钱。不虚报，不说谎，不夸大，也可以包装自己，凸显优点。推销自己有法可依，但是直到目前为止，我一直还未开窍。

　　记得曾采访过一个猎头，他说：

　　"韩国人应聘时只会说自己曾在哪家公司担任过什么职务，却无法详述自己做了什么、能做什么。其实，重要的并不是你在什么位置待过，而是你'在那个位置上担负着什么样的责任和义务'。"

　　现在想来，我中枪了。过了十年，甚至不止十年，瞎忙的日子。做完那张要挂着去人才市场的牌子后，我备受打击，好像过去都白活了，甚是伤感，课堂上学了些什么完全不记得。带着沉重的心回家后，久久无法从那种灰色情绪中解脱出来。

　　哈佛送给我的最大礼物，就是它会变着法地攻击我的弱点，刺激我思考。与那种强力、集中灌输的知识相比，这种以攻击弱点的方式让人学到的东西更深刻。有一次"知识管理"课上，教授竟然要我们拿乐高积木玩游戏。哈，我们童心未泯，来哈佛读幼儿园。

五人一组，围坐在一张小桌旁，桌上放了一个装有五十个乐高积木的袋子，一张纸。

教授对我们说："决定用乐高积木组合什么东西后，将组合步骤写成说明书。注意，只写组合步骤，不写组合的是什么东西。清楚了吗？"

我们一边笑着，一边窃窃私语说："哈佛幼儿园的学费还真不是一般的贵。"

"另外，"教授拉长音调，"手不能碰乐高积木，只许用眼睛看着散在桌上的乐高积木，猜测怎么组合、怎么连接、怎样成型，再把步骤写出来。"

我们组决定做快艇。首先我们将不同颜色、不同形状的乐高积木统计出来，例如红色正方形有五个，黄色圆筒形有两个，接着……接着就不容易写下去了。

"底下用五个黄色方块串连起来铺上去。"

一个人说完之后，另一个人表示反对：

"底部不能做太小，做太小的话，会失去平衡。"

另外一个人又提出反驳：

"不，做太大的话，乐高积木会不够用。"

就这样，我们争来吵去，就差没动手打人了，最后才勉强把说明书写出来。如果是直接用乐高积木组合完再写说明书，不会那么复杂。光凭想象去做，不是普通的困难。

一个小时之后，教授叫我们和隔壁桌交换说明书及乐高积木，试着根据说明书组合乐高积木。教授不让我们为什么要组合快艇而不是别的，他想让另一组人边做边猜。

我们这组依照隔壁桌的说明书慢慢拼凑着——把乐高积木连接成长长的几排。超级简单！

"这是什么？我们完全按照说明书做的。"

写组合方法的那队往我们桌上看，说："做得不错嘛，是幼虫。"我们拍桌大笑。是啊，可以是毛毛虫，也可以是蚯蚓，反正是某种细长的东西。

拿到我们说明书的那队摆出一个很像游艇的东西。因为说明书是虚构出来的，他们也不确定自己组合出来的到底是什么东西。而在我们的想象中，这个游艇应该更像游艇才对。

我们说："你们看，这就是游艇啊。不像吗？"这时他们才点着头说："你们这么一说，还真有点像游艇。"

教授看我们那里夸张地笑，脸上不禁露出满足的微笑。那天的学习重点很简单，就是要让我们了解到，即使只是简单的乐高游戏，想要做出正确的沟通也是很困难的。

"工作后有幸晋升到管理阶层后，你肯定会叫下属做事。但是要正确地下令做一件事，并不容易。这一点大家刚才就有体会了。"教授开始传授游戏的寓意了，"从下属的立场上说，很多下属是在没完全搞懂上司指示的情况下去做那件事的，就像今天各位随机组合乐高玩具的时候一样。"

的确是如此，照别人指示做事的人，无法预测结果。很多时候即使做好了，也不懂做出来的是什么，所以沟通是非常重要的一件事。在下课之后，我深刻地体认到：伟大的领导者，一定是个具有伟大沟通能力的人。

我喜欢肯尼迪学院这样的课程，它们总能给我一些新鲜且痛苦的刺激，让我学会用不同于以往的习惯去思考。

肯尼迪学院就在肯尼迪街和肯尼迪公园旁边。美国人喜欢肯尼迪，他们喜欢他的年轻，喜欢他身上散发出来的魅力，以及积极乐观的姿态。

哈佛校友肯尼迪1960年当选总统后，将许多哈佛人才带入白宫，哈佛和肯尼迪的联系越来越深。哈佛第二十四任校长内森·马什·普西曾经说服肯尼迪退休后在哈佛建一座总统纪念图书馆。肯尼迪非常赞成，计划于是开始慢慢进行。

不过世事难料，1963年肯尼迪遇刺身亡，肯尼迪图书馆的修建计划做了大幅度更改。1966年哈佛的政治研究所和行政学院合并，统称为"肯尼迪学院"，以表达对肯尼迪的纪念。

肯尼迪学院是"培养领导才华及启发政策问题解决能力的学院"，这一点是哈佛研究所与大学部不同的地方：哈佛大学部的重点是培育将来可以均衡发展、领导美国的世界公民，法学院、管理学院、行政学院等专科的研究所是以培育专家为目标的。

专门科目研究所的共通点，是启发研究生解决问题的能力。各领域依法学、企业管理、政治运作、教育、医疗政策的性质不同，具体的解决方式会有差异。然而教育的核心都在于培养解决问题的能力。肯尼迪学院也不例外，它是供政府、国际机构和社会团体里追求公益（public value），而非追求利润（prorit）的人才进修的地方。

肯尼迪学院的毕业生有很多出路，比如有人从政，有人在国际机构或社会团体服务，有人当评论家或银行投资者，也有人从事咨询顾问行业。像联合国秘书长潘基文就是肯尼迪学院毕业的。基本上，来这里的学生大多是公职和政界人士。

去哈佛毕业生的聚会里走一趟，你肯定会忍不住感叹"世界真是宽广，原来还有这样的工作种类呀"。

不过，就如同管理学院和法学院一样，肯尼迪学院的大多数学生都不是朝同一种领域、同一种职业发展的。依个人规划的不同，结果也会不一样。每个人确定了自己想从事的行业之后，就会开足马力向那个领域专攻。

任何人都可以拥有的危险魅力

授"渔"而非给"鱼"是"哈佛模式"的内质。哈佛产出的不仅是学问、知识，还有分析问题的能力，价值判断的眼光。

坐在肯尼迪学院的教室里，总是让人不禁感慨：大概再也没有哪个地方能像这里一样聚集那么多各种不同的人了吧。那边是菲律宾的政治人物、加纳的公务员、中国的工程师，这边是以色列的医生、冰岛的舆论界人士，远处是德国的银行家，后排是日本、美国的公务员、将军。他们排排坐的样子还真是有气场，啊，不愧是优秀领导者的摇篮，随便找出个人来，都是个腕儿。

我所读的在职行政学硕士班里，外国学生占48%，学生平均年龄是39岁。其中不乏一些比教授年龄大、经验丰富的过来人，他们大部分都已经在自己的工作领域混成了人物。

我们的项目负责人曾开玩笑说："突然没了秘书，有些不太适应，但是大家也要忍耐一下。"大人物也好，董事长也罢，都跟大家一样背着书包，泡图书馆，写作业，应付考试——绝对百分之百的苦难学生生活。

哈佛的教育能在我们僵化的脑袋里注入什么？有一位教授说："二十岁半的时候，人的思考模式基本上定型，这之后无论再接受怎样效果强大的教育，改变也不会是颠覆性的。"本质上不能改变的，可以在方法论层面上寻求改善。

授"渔"而非给"鱼"是"哈佛模式"的内质。哈佛产出的不仅是学问、知识，还有分析问题的能力，价值判断的眼光。接受哈佛教育的人并不会给别人"按照哈佛模式做就对了"这样的建议。

将在哈佛所领悟到的学习方法用行动表现出来，便能对其他人产生影响——如果采用不同于他人的方式，却能明显产生良好的效果，那么，其他人自然会想学习这种方式。哈佛校友走入社会后所具有的影响力，就是哈佛吸引无数人目光的魅力所在。

很多欧洲的朋友对这种"美式学习法"相当不满，比如从德国回来的苏珊娜。

"在德国，英美国家的硕士学位简直就是求职利器。来美国读书以后，我似乎了解为什么会这样了——美国的教育和德国的完全不同。德国的大学会叫学生写一篇三十页、高水平的高深报告，结果还不一定能通过。相反地，五页的研究报告在美国的大学就足够了。刚开始的时候，我惊讶，我质疑：这种教法是不是太浅薄了？可现在我才醒悟，高效——在有限的时间内做尽可能多而细致的事——是它的意义所在。"

苏珊娜一面忍受哈佛教育的沉重压力，一面希望提高工作效率。每天忙得四脚朝天，根本没有闲工夫惆怅、迷茫和动摇。她的生活有个整体的大方向，时时刻刻都在追求最大化的效果。

在完全不同的环境生活，或是认识与自己完全不同的人时，除了吸收新知识外，更要懂得如何从不同的角度去看待陌生的事物。这需要耐心和细心，而这两点，通常是人们缺乏的。我也是踏上美国土地之后，才了解到我是一个多么"性急又大胆的韩国人"——不注重细节，周密度不够，若以美式教育的标准来衡量，这样的学习态度绝对有问题。

其实，美国大学并没有教什么特别高深的学问，它不过是在培养一种习惯：在相同的时间内有系统、有效率地吸收更多的知识。一旦养成这种习惯，往后的学习速度就会加快许多。这是很厉害的一件事。

在哈佛，除了读书外，还有更重要的事——培养领导才能。领导才能是比知识更重要的东西，也是可以使学习更突出的灵丹妙药。想想看，用相同的努力让自己，也让别人更好，这样不是很理想吗。

大部分的哈佛学生都具有强烈的荣誉感，知识上渴望受肯定的企图心也很强。无论是在学术研究中，还是参与同学间的竞争，他们都希望被肯定。要是没有这种热忱，又何必坐上哈佛这个整天转不停的摩天轮，让自己忙碌得头昏眼花呢？

在写肯尼迪学院的申请书时，"领导才能"和"领导"等词语都快被我用滥了。不过，申请书不过是政府公文，表面上看起来够红够专即可。在哈佛度过一年后，我才真正了解到申请书背后的实在含义。用我们韩国人的说法来形容，培养领导才能就是努力去克服"才能优于品德"的限制。

在公司待过一年的人就知道，再小的单位都会有一名与其他成员不同的领导人物。无论是在能力，还是在品德上，这个人一定比其他人更突出。也就是说，他需要具备的不只是知识而已。当一位卓越的真正领导者出现时，所产生的效益是惊人的，单位成员会工作得更愉快，生产力也会随之提高。

美国社会认为单纯的聪明没有太大的意义，当一个人只有聪明时反而更危险。成为精英的过程中，初期应该具备的美德是优秀的才智和专业的知识。当精英一步步爬升到重要的决策位置后，情商层面的资质显得尤为重要。这项资质就是"领导才能"。实际上这是任何人都可以拥有的危险魅力。

领导才能需要有看得更远、更广的眼光，为更大的目标及更多的人做决定的能力，最后还要有自我牺牲的奉献精神。举例来说，头脑虽然聪明却因为水门事件让美国人自尊心受伤的尼克松，有着一流教育资历、四十岁当上总统而后又连任的、最后爆出性丑闻的克林顿……他们都留下一个教训：并非头脑好、读书多的人，就一定会做又对又好的事情。

如何训练优秀的头脑，为国家、为社会做事？要怎么做，才能防止清晰的知识受到限制和误用？哈佛这所美国名校之所以重视领导能力教育，就是要让自己的学生在这两个大问题上不犯根本性的错误。

"他人指向" VS "做自己"

教育是一种投资，投入金钱和时间，同时还要放弃。在接受教育的过程中你会错过很多比学习更有意思的事情，可尽管如此还要不断地问自己："自己要什么？"并且一定、一定要做好自我管理。

"领导"对新闻工作者来说毫不陌生。但是，第一次在肯尼迪学院听领导课程时，却彻底颠覆了我对"领导"的概念。我一直认为"领导"是总统或政治人物关心的话题。

肯尼迪学院会变着法地帮助学生纵向横向地学习"领导"。它会提供杰出领导者的成功案例，训练学生增进有效沟通能力，也会培养学生各种必备的大小技巧，甚至伦理教育也是肯尼迪学院的课程之一。

肯尼迪学院的领导课程不只是判断学生思考的对错，而是会提供实际状况，让学生思考该怎么做。

我觉得和个人及集体心理有关的课程是最有趣的领导课

程，例如有名的米尔格伦实验。当上位者下达违背良心的命令时，下位者如何反应？这个实验就研究这个事。

我们在教室里看了这部实验影片。

两名中年男子来到实验室，一个人扮演教师的角色，另一个人扮演学习者，他们分别在两个房间里。担任学习者角色的人是实验成员，但是扮演教师角色的人事先并不知情，来这里之前，只听说是一项有关"学习与记忆"的实验。

扮演老师的人所要做的工作，就是出一些类似"单字排列"的问题，每当学习者答错时，他就必须给学习者电击处罚。

学习者第一个问题答错了，教师按下电击装置的按钮，在另一个房间的学习者透过脚上的装置受到电击，因而发出呻吟。担任教师的人被呻吟声吓到，开始有些迟疑——他的良心开始作祟了。可是实验负责人用权威式的态度指示实验继续进行。

问完第二个题目后，学习者又答错了，这时必须稍微加强电击的强度。坐在对面房间的学习者传来了哀号，比之前的声音更痛苦，老师犹豫着到底要不要继续。"继续进行！"实验负责人依然强硬。

扮演教师的人依照负责人的指示，继续提高电击强度。

电击从七十五伏特逐步加强到四百五十伏特。电击超过了一定程度之后，学习者哀号，不想做实验了。扮演教师的人开始拒绝进行实验。

令人惊讶的是，很多人虽然觉得残忍，却还是会服从实验负责人的命令，继续提高电压，折磨他人。参加实验的人当中，电击达到三百七十五伏特那一刻，还是有超过60%的人会依照实验负责人的指示去做。

看过这部纪录片后，我受到很大的冲击。一个正常人带着无辜的表情，折磨与自己没有任何关系，也没有犯任何错的人，这一切只是因为"他要听命行事"。他冒着冷汗、皱着眉头，唯独没有提出任何抗议，继续听从命令指示。就像在影片中看到的一样，我们并不是坏人，但却也可能因为屈服于环境而做出违背良心的事，却毫无罪恶感。

还有一项有趣的实验：七名实验对象坐在一起，实验者给他们几条长度明显不同的线，要求他们从中选出长度相同的两条——仅凭肉眼，这个问题可以轻易解决。

接下来，实验者要每个人说出自己的选择。连续四个人说出了答案，却没一个对的。这时，第五个人开始犯嘀咕了：是他们的眼睛有问题，还是我的眼睛有问题？错得未免太离谱了吧？想是一回事，说是另一回事，第五个人和前四个人统一战线，说出了错误的答案，放弃了原本认为对的选择。

奇怪吧？不过更奇怪的还在后头。实验者安排他们分开坐，再让他们做选择。99%的人照实说出了自认为对的答案。这项实验里没有奖惩，怎样回答全凭个人的意愿，可是受试者却还是自愿服从团体的意见。

虽然我不想承认，但我们通常都是"第五个人"。我们都认为自己的判断公正而客观，可是，在受到环境影响时，又会不知不觉地做出一些不正确的决定。从这点来看，意志力确实存在，但大多数时候不那么强烈。才能也好，知识也罢，都掺杂着集体心理的成分，在集体心理的作用下，它们甚至有可能变质为完全不同的面貌。

了解了这一点以后再看"领导"，想法就会和以前的有所不同。成为优秀领导人的第一步，不仅要了解自己是怎样的人，还要了解别人是依据哪种心理在行动。东方传统文化里讲的"修身、齐家、治国、平天下"，说白了就是这个意思：知己知彼，推己及人。

肯尼迪学院里有一个厅堂，不算宏伟，却足够宽敞，平日作为学生餐厅或休息室用，可依需要马上布置成演讲厅。前新加坡总理李光耀，经济学者杰夫·萨克斯、投资专家乔治·索罗斯、司法部长珍妮特·雷诺，都曾在这里演讲过。

大概是因为哈佛的名声，美国国内外知名的人物都愿去说上一两句。除了肯尼迪学院的演讲厅之外，其他学院和研究所也经常举办演讲，每位来宾都是活生生的教科书。有时候那些演说还可能成为历史的关键性事件而备受瞩目。

美国人的午餐，三明治、汉堡包等食物都装在牛皮纸袋里。午餐时间不少人提着牛皮纸袋去校园各个角落的演讲场所，一边吃午餐，一边听着演讲。这就是所谓的"牛皮纸袋午餐"、"午餐时论会"。听起来很棒是吧，但是要做到这样其实很困难。

对于将大部分时间放在读书上的哈佛学生来说，听课外演讲是个不小的负担。在哈佛，玩乐都会需要像修学分一样事先规划安排，更何况是听演讲。就实际的情形而言，临时起意去听场演讲是不可能的。

此外，学校还默默地为我们做一件事：偶尔会提醒我们别忘记自己正在为什么而奔波忙碌。有一天我收到一封邮件："已经是深冬了，一起到波士顿市的哈佛俱乐部办场有趣的舞会吧！"看了之后翻翻日历，不由感叹："天啊，再这样下去冬天就要过去了……"

因为每天过得太规律，"今天是几号"这样的观念已经慢慢钝化了。而哈佛那些活动的通知邮件随之成为提醒我们的一个契机。在路上碰到曾经担任我们项目指导的苏时，她常会问我："最近好吗？你还在做当初想做的事情吗？"听了之后，我不禁会再一次问自己：

"为什么来哈佛？"

"来这里是为了得到什么？"

"现在找到自己的方向了吗？"

"是不是已经失去了目标，过得身心俱疲了？"

借助别人的提问（无心）进行自我反省（有意），对将来很有帮助。当你忙到晕头转向时，稍微休息一下，想想自己现在做得好不好，是磨刀不误砍柴工的事。

教育是一种投资，投入金钱和时间，同时还要放弃。在接受教育的过程中你会错过很多比学习更有意思的事情，可尽管如此还要不断地问自己："自己要什么？"并且一定、一定要做好自我管理。

美国文化是典型的"自我指向文化"，出发点经常是"我要什么""我想做什么"。这与东方那种总是将别人想法视为重要考虑因素的"他人指向文化"不同。

"别人知道了会说什么""真丢脸，怎么做那种事""真可耻"等话语（你我时不时都会这么想或说），表示说话者意识到他人的存在。为什么？因为我不想在"别人"中间显得与众不同。"别人"存在，具有阻止我们行为偏差的正向功能。另一方面，也会让我们肩负无言的压力，对我们形成牵绊。当我们为"别人"左右踌躇的时候，"别人"绝对不会对我们负责。

不在乎"别人"怎么说，怎么想，怎么做，意味着更自我，更独立，也有可能更辛苦。凡事都要自己独力解决，工作和结婚等等，没有一样事情是安定的。美国人的生活看起来的确非常辛苦、辛劳。美国原本就没有终身雇用，一个人失业也不会像法国、德国一样可以有失业补助或照顾。而且美国不像亚洲国家，家人之间有紧密的联系，会把大家的事当成是自己的事，然后相互帮忙。

我在读肯尼迪学院时彻底明白了一件事，即使你生活在必须（很多时候只有你自己觉得必须罢了）顾虑别人眼光的"他人指向文化"中，有件事也千万别忘记，那就是：别人定的标准不一定公正、合理或符合人性，最可怕的是，那些标准可能不适合你。作为一个独立的个人，你一定要用自身的标准，并靠自己的力量支撑下去，寻求解决方法。

人生，要用自己的力量奔跑

那些奔跑的美国人似乎真正了解"人生必须尽一己之力
去奔跑"这句话，他们像参加马拉松赛跑一样，想要用自己
的力量，撑到最后一刻。此外，他们似乎也体认到，如果跑
步的时候不调整步伐，那就一定会落后。

我曾在肯尼迪学院参加过一场简单的讨论会，内容是对哈
佛商学院、法学院、行政学院三所学院进行比较。经过一番分
析讨论后，有人叹息道：

"它们之间最大的差异是——商学院和法学院毕业生赚的
钱多到让行政学院的干着急。"

说得没错。

就在此时，教室一角又传出某个人的喃喃自语：

"所以我们公务员必须得向那些有钱校友课税。"

教室里爆出一阵笑声。

在哈佛读书的这段期间，常听别人提到"哈佛毕业证书的

价值"。"哈佛毕业"被形容成突然贴上值钱的商标的T恤，身价会立刻暴涨三倍。美国社会对于经由"哈佛模式"所训练出来的人才价值相当肯定，在华盛顿的记者圈里，也是会用"某报社的某记者是哈佛毕业的"这种方式给人贴标签，大家听了就十分配合地发出"啊"的一片赞叹声。

日常生活中，美国社会看起来像个缺乏效率的巨人。每当看到银行职员慢条斯理地做事，我就心急如焚。在公家机关或商店有任何问题时，那些员工总是先说一句"这个我也不清楚"，然后慢吞吞地进去请主管出来，我看了之后简直要血冲头顶啦。

他们就像傻瓜机器人一样，只会按照说明书行动，完全看不到个人的随机应变。

随意性降低，事情的预测准确率随之提高，从这点来看确实符合利益。但是我怀疑：这种情况下，要怎么去提升创意和效率呢？

我想到所谓"精英的竞争力"一词。如果把竞争比喻成一场马拉松，居于领先地位的美国精英可说是跑得又快又有耐力的一群人。美国是个热衷于健身的国家，看看那些风雨无阻、像中毒一样持续慢跑的美国人，一不为减肥，二不为保持苗条身材，健康状态才重要。美国文化将"健康状态"视为理想，为此，要跑，跑，一直跑下去。慢跑只是美国文化的一个缩影。

竞争的逻辑是要将美国塑造成一个动态的社会，它与慢跑扮演着相同的角色。但这是一件麻烦的事，想想，每年三百六十五天，不管刮风下雨，几个人能说到做到。

无论在哪个社会，越是高水平的精英集团，越会为有限的价值而竞争，竞争的强度也会更加激烈。哈佛赤裸裸地呈现美国精英社会的激烈竞争，它告诉人们，跨入精英集团的门槛，并不等于你自此可以满嘴放空炮、高枕无忧了，哈佛的制度绝不允许有人搭便车混入集团，拖累集体的生产力。因此，每个人一生中都要为提高自己的商品价值负责，以便能随时进入自由竞争的市场，然后卖个好价钱。

越有能力的人，越会精心管理自己的身价。能从做过的事情当中，整理出自认为可以得到高评价的部分，这就是用"提升自我价值"的观念在管理自己的经历。拥有"提升自我价值"观念的人，即便是写一张履历表，也会仔细斟酌，不敢有丝毫怠慢。

第一次写英文履历，是在准备肯尼迪学院申请书的时候。可当时所谓的"英文履历"也不过是用英文写下自己的名字、毕业学校、曾任职务、兴趣爱好。来到肯尼迪学院之后，学习写履历竟然花费了我整整一个学期的时间。

我已经计划好毕业后直接回原公司任职了，所以不需要为履历表而烦恼。那些想在美国找新工作的同学可就惨了。他们得想尽各种方法写好履历表，然后再拿给其他人看，拜托他们多提宝贵建议。怎样让自己的经历看起来一目了然，怎样让别人通过一张表看出应聘者的能力和吸引力？这些都需要求职者费尽心思、仔细设计。

我在担任华盛顿特派员时想招一名助理，收到不少附近学院的学生寄来的履历表。看似简单的履历表内有乾坤，好的履历表能让人恨不得马上见到那个人，不佳的履历表只是一张有字的白纸。写履历表能写成专家水准，"写履历专家"可以训练学生写履历以及应付求职面试。这是我到哈佛之后才知道的。

　　几乎每个哈佛学生都会被密集的课程表压得想吐，但哈佛所给予的终身教诲，超过任何一张课程表的重量——终身受益的教诲让任何压力都变得有价值。其实哈佛教导的就是如何管理出一流和顶尖，并维持一流的名声和顶尖的质量。在美国的那段时间，我透过哈佛看到的是那套"训练人才、将人才投入社会的有效制度"。它是最典型的范例，让我们看到美国社会是用哪种方式训练精英、帮助他们产生自信的。显然，这种方式并不温柔，甚至有些残忍。

　　查尔斯河边的人正在慢跑，咬紧牙关地向前跑。那些奔跑的美国人似乎真正了解"人生必须尽一己之力去奔跑"这句话，他们像参加马拉松赛跑一样，想要用自己的力量，撑到最后一刻。此外，他们似乎也体认到，如果跑步的时候不调整步伐，那就一定会落后。

4 人生就像吃自助，没人不让你吃好的

- 想做的事一定要去做。当我们会想去做某件事的时候，就代表我们有能力去完成它。

- 如果想过悠闲自在的学生生活，千万不要来哈佛。

- 过完暑假，我回过神来，原来哈佛是"自助餐厅"。到自助餐厅吃饭，最高境界就是扶墙进，扶墙出。什么都不吃，或是吃到七八分饱，那你肯定亏。另外，吃自助当然要挑最贵的吃才划算，难道有人会花好几百元去自助餐厅吃拉面？哈佛一流的吃货都知道，自助，最需要的就是"战略"和"优先顺位"。

- 所有的时间都不会回头，并不是只有在哈佛读书的时间才叫珍贵，任何人的任何大学时光都是一去不复返的。如果真要说有什么不同，那就是：哈佛用各种方法让你自觉时间可贵，并帮助你最大化地利用时间发挥潜能。

- 僵硬的脑袋碰到新环境时，会引发强烈的"高原反应"。适应很辛苦。辛苦的事可以选择不做，不做就不会感到辛苦，但是如果无法忍受辛苦，就不可能再往前跨越一步。山的那头有些什么，只有挥汗越过山头的人才看得到。

Shopping week：试听免费，不考试

教授的电子信箱会被学生的来信塞爆，教室里学生的热情爆棚，抢课的兴奋与期待满溢。选课周是哈佛一年里最重要的时刻。因为这段时间可以帮我们得到充分的信息，好让我们决定要选什么课。

——《哈佛深红报》，2006年2月

皮博迪公寓（Peabody Terrace），白色的庞然大物。在以红色为主的哈佛校区，皮博迪无疑是个异类。在西方建筑史上，这栋公寓以节约著称，得到不少建筑方面的奖项，尽管我看不出它有什么特别的。于我而言，身在异乡，有个落脚地就可以了。

来到哈佛的第一天，我站在这栋公寓前面，仰望着，心中一片茫然。皮博迪，我将要生活的地方，这里将有一间属于我的房间，可是房门钥匙呢？公寓管理室还没开门，只得等。把

行李箱放一旁，捏捏酸疼的手臂，找一把长椅坐下。

环顾四周，陌生的气息让我觉得有些冷，有些怕。陌生的国家，陌生的城市，陌生的生活，陌生的学习，太多的未知仿佛拥塞在皮博迪某扇门的后面，等我去开启。心中涌起莫名的犹疑："不远万里奔赴至此——世界名校，我真的可以过得很好吗？"

在皮博迪，我经历了许多第一次，其中第一次一个人熬夜组装两个三段式书架和一个书桌，让我永生难忘。皮博迪所有的房间都是空的，这里的"空"不是"没人"的意思，而是说"没有任何家具"。所以入住皮博迪的第一件事就是去买家具。

偌大的家具店，我东张西望，选定书桌和书架，办理配送。我以为一件大事完成了，可没想到更大的事情还在后头。

本来货物送到时我还有一点点欣喜，但是打开配送纸箱后，看到一堆木板、螺丝钉，我完全傻眼，差点当场晕倒！我的家具呢！

我真希望箱子里的东西是变形金刚，自动组装。可惜，我在哈佛，不在好莱坞。无奈跑去买来组装工具，把书架、桌子组装好。汗流浃背，腰酸背疼，一抬眼天已经亮了。

当时，一种快感犹如清晨光临世界般注入我的体内。那是成就感，组装完一件看得见摸得着的物品的成就感，和读完一本书、写完一篇新闻稿的感觉完全不同。

还有一件让我无法忘怀的事，那就是选课。那一天，我把下学期的课程介绍拿回家。厚厚的一本目录里面，林林总总地介绍了数百种课程。历史，摄影，连意大利语都位列其中。没想到在哈佛可以学的东西这么多。每个介绍看起来都不错，每种课我都想去听听看。我一整天躲在房间里看那本目录，不觉丝毫无聊。

即使事先看过目录，没上过课以前，还是很难做决定。网络选课也是一样。有的课程内容很有意思，但教授的上课方式可能不合你的心思，那么选择这样的课程就是个错误的决定，所以选课的最好方法就是去试听。

新鲜感取代陌生感，期待取代忧虑，我不无兴奋地度过了两周时间，选课的两周时间。哈佛的人叫它"shopping

week"。哈哈，挺形象的，课程大采购，试听免费，不考试。

试听，试听，还是试听。对学生来说，再没有什么能比只上课不考试更开心的事情了。选课周一定要轻松愉快才行。

最后决定选什么课之前，各门课程都可以试听。没有考试的压力，上课自然非常愉快。试听课上，教授会发给学生上课计划书，大概说明以后的上课方式，打分标准，习题的分量，诸如此类的事情教授都会详细告知。这套程序，有点像超市里的试吃，试都试过了，对不对胃口、买不买就看个人了。也因此选课周期间，把哈佛比作超级市场一点也不为过。

可选择的很多，能选的却有限。尽管哈佛的课程多，但一般学生每个学期可以自由选择的课不超过两门。因为，选修课，必修科目，如果每门都认真对待的话，即使课程不多，也会把你忙成八爪鱼，真忙起来三头六臂你可能都觉得不够。

选课试听后，我最爱去各大书店的讲义教材专柜探险：翻看相关试听课程的教材，有时也会去看和自己不沾边的教材。有时候发现眼熟的名著，不无欣喜地想："这本书我听说过。"然后买下来。当时，我把这种涉嫌虚荣的行为称作奢侈：舍不得买名牌，买书花大价钱。逛书店，并不是每个地方都可以容许的奢侈。

奢侈渐成习惯，并积习难改。从哈佛毕业之后，如果要出差去哈佛，且恰逢学期初，我依旧会跑去教材书店。买书倒是其次，主要是想感受一下选课周的气氛！

怀念一个地方多半是因为那个地方的记忆不可复制。一想到波士顿，就会怀念起那里生活的点滴，竟然莫名地涌起"思乡之情"。

异乡人，往往会把第一个落脚地当做"第二故乡"。对我——在美国漂泊的韩国人——而言，波士顿就是我在美国的故乡。虽然相比于华盛顿来说，我在波士顿住的时间短些，但是波士顿却是我心心念念想要重游的故地。

2004年美国大选前夕，因为工作的原因——报道民主党全党大会——我有幸回到波士顿。托选举的福，波士顿当时一屋难求，酒店、饭店，甚至小旅馆，全部客满。最后，几经周折，朋友才帮我找到了一间学生宿舍暂住。听说，宿舍的租客旅行去了，短时间内回不来。

那次出差很像连续行军，晚归、熬夜、失眠是家常便饭。大概是因为在这个城市有过太多快乐、痛苦的缘故，我花在回忆上的精力太多，以致无力、无暇入眠。记忆库在我工作时紧紧锁住，等到我准备入睡时，它又悄悄打开门：背包在查尔斯河畔，与上学的人擦肩而过；教授还给我报告时，脸上那一抹比批字、红叉还要鲜艳的红晕；校园里四处奔波的匆忙脚步；怀抱三五本书，落座在某张长椅上的背影……回忆如梦一般展开，不可再实现。

经过十年职场打拼（"消耗"或许更贴切）生活后，再度做学生，那种"正在向前走"的真实感是我从中所能得到的最珍贵的礼物 。就连"真的"学生也不一定能在当下意识到这份礼物的难得与珍贵。

在哈佛，一学期结束意味着升级，当然是学生成绩过关的前提下。这种制度上的设计，目的是让学生能够分阶段地感受自己的进步和成长。在哈佛度过的两个学期，让我尝到了久违的"长大"滋味，还有那遗忘已久——不，是被十年来的工作消磨殆尽的自信与乐观，在我为课业忙碌的时候，我感觉它们在心里伸着懒腰。

　　直到那时我才发现，原来在很长一段时间里，我连说"嗯，再试一次吧！失败又如何，再试就好啦"这种小小的勇气都已失去了。习惯性地上下班，推动了某个于人生非常重要的东西，但你要问我这个重要的东西具体是什么，除了无言，还是无言。

　　其实，自信、乐观是生活的质感。肯尼迪学院帮我把它找了回来，叫我怎么不爱哈佛呢。直到现在，我还会偶尔想起陪我度过哈佛岁月的公寓，翻看厚重的选课目录时禁不住微笑。我们被蒙着眼睛穿梭到现在，等视线松绑后，风景早已错过。为什么路过后才念起某处风景很美，为什么读书时不知道时间之所以宝贵，是因为再美的回忆都没有第二次绽放的机会？

英语成绩好，就能说英语？错

　　我这个年纪来哈佛学习，就是要学习西方的文化，语言当然相当重要。我们这一代人一直都是哑巴英语，看点资料还行，但张嘴说那就是很大的障碍。是障碍，就得过，人总要有点勇气。

——60岁问道哈佛的"后进生"王石

　　刚抵达波士顿洛根机场，一股莫名的压迫感击中我。

　　从学校毕业已经太久，英语基本上全部还给了老师，在到处都说ABC的哈佛，我真的能安然存活吗？

　　今年的波士顿，冬天依旧很冷，要不要人活了。

　　环顾四周，行人匆忙的脚步莫名地让我焦躁，各种有的没的烦恼在脑海中打转。

　　"哎，还不如去气候温和、风气自由的加州呢。"懊悔，不得不承认，或多或少我都有点。不过，夏天的查尔斯河看起来很舒服。澄蓝的河水，悠闲的黄白色游艇，清爽的草木，烘衬着哈佛的红墙，望一眼，得一心晴朗。

第一次去波士顿时，我没有拜托朋友来机场接我。为什么？因为我希望从头到尾都是靠自己。虽然有人在一旁帮忙会比较顺利，但是再怎么困难，我也希望独自去完成。

可是，一开始我就碰到了麻烦。

从机场搭车去公寓途中，还在我欣赏沿途风景的过程中，司机在一个奇怪的地方停下，叫我下车。因为之前来过几次，所以大概知道哈佛周边的地理环境。还不到地方，于是出于好心（我想，大概是司机搞错了。但没关系，我不怪他），我拿出学校寄给我的地图，指出公寓的所在地。喔，还要再绕一下。

只是绕一下而已，我没当回事，可司机显然不这样想。他怒气冲冲，嘴里一直念念有词。

有什么大不了的？我一头雾水。

司机终于找到了公寓，但他没兴致像我一样欣赏新环境。扑通几声，我的三个行李箱被丢出后备箱，扔在地上。不友好的司机转而对我喊道：

"一开始就要讲对地方啊！"

我也不认输，开始大声说：

"我没讲错，是你听错了！"

我被自己吓了一跳，原来，我还能用英语大嗓门吵架。估计身材高大的司机也被我镇住了，大拳头敲打出租车头，"砰"的一声，又抬高音量喊：

"那你就讲大声一点嘛！"

这次，无力回击。因为，我，委屈！很委屈！

来到陌生的地方，英语说得不好，本来内心就不够强大，还碰到这么不友好的司机，不委屈才怪。

当初拿到哈佛入学许可的喜悦感瞬间瓦解，心里想："我大老远跑来美国，就为了受这份罪吗？"

好笑的是，经过几个月后，我才明白出租车司机话里的意思。都是韩式英语惹的祸。

拜韩国传统的外语教学所赐，课本上学来的单词、语法没有成为我的语言利器，最初来哈佛的那段日子，它们总让我很晕。我根本无法和商店或餐厅的店员沟通，卖三明治的家伙，次次都问我："你说什么？"

有那么几次，我差点当场晕倒。心想："哦？好像讲错了。"于是换了其他单词说，结果她又表现出高傲的态度和无奈的表情，这让我很受伤。越讲越泄气，越泄气越紧张，然后一通胡言乱语。不过，幸运的是，到最后我总能买到我想吃的东西，尽管三明治到手时已经胃口全无，只想去死。

后来我才了解，很多时候都是因为我的声音太小，他们才听不懂我在讲什么，如果讲大声一点，就算内容有些奇怪，他们还是可以听得懂。比方说，外国人对我们说"好、天气、非常"，我们也能懂他们想要表达的是："天气非常好。"只是听起来有点好笑而已。"去、这里、巴士、机场？"虽然问得有些杂乱无章，但是我们也能大概听懂他问的是什么。

英语也是一样，就算讲不出复杂的句子，讲出来的话还有语法错误，但只要把话说清楚，和美国人沟通并不难。

我在美国住过七年，可直到现在我依然觉得高中时学的英语教材很难。因为小时候没有在国外生活过，所以英语完全是韩国教育下的山寨货：能写，能考试，就是不会开口说。国中、高中时期学英语完全以考试为导向，没有另外加强会话。不过，当时还有种莫名的自信，认为只要英语成绩好就足够了，等需要开口说话时，脑袋里记的东西自然会从嘴巴里滔滔不绝地讲出来。

这种荒唐的自信终于在大二时崩溃了。那年去英国剑桥大学听完暑期课程后，我几乎彻底地清醒了——我突然"又聋又哑"了，在将近两个月的暑假里，我的英语能力让我溃不成军。于是，抱着受伤的自尊心回到韩国，下决心转战各大英语补习班。

取得外国授权的英语补习班，大学的语言中心，我几乎都参加过。可即便如此，两年后，我的英语能力才够得上应付闲聊。本来不看电视的我开始勉强看AFKN（驻韩美军电视台），耳朵总算有点张开。大学时，专攻国际政治学，用的教科书全都是英文的，所以读英语没有什么大问题。但是，这次我又错了。大学时的种种自我感觉良好，其实都是错觉，错觉。

记者生涯开始之后，我的英语能力，准确地说是口语能力再次受到威胁。

那次本来想拜托大使馆的翻译帮忙完成对大使的采访，

可是拜托帮忙被回绝。那时候实在无法开口对刚帮我找到实习机会的学长说"我不行"，所以咬着牙决定："哎，面对现实吧。"我决定赶鸭子上架，自己试试看。

我先把准备询问的问题翻译成英语，背熟。做好了一切准备后，我才上了战场。幸好大使很亲切，采访磕磕绊绊，但总算糊里糊涂地完成了。难关从来不是一关，过了采访关，写采访稿又是一大难。听不太懂的部分，之后再重听采访录音十遍二十遍，一直到听懂为止。一篇报道终于完成，我也有幸成了同事眼中"会说英语的记者"，随时都要准备投入"英语采访的最前线"。

在韩国被认为英语很好，可不是件轻松的事。其中的苦闷无法为他人道，只能一边流汗，一边准备。不过，新记者做梦都想不到，因为会一点英语，受外国机关邀请到国外采访的机会蜂拥而至。因英语而遭遇的苦闷，还是有它的价值的。

有一次我有幸与泰国、菲律宾、印度等亚洲记者一道，去广岛、长崎采访一个节目，必须上日本电视台的脱口秀发表旅行感想。一听到节目要在日本全国播放，我眼前就一片漆黑，担心"丢国家的脸"。在听另外几位亚洲记者说话，天哪，他们讲英语就跟说母语一样。

当时，工作人员事先给我们问题，让我们准备答案。要回首尔时，电视台还将节目的录像带送给我们当纪念礼物。我怕我的英语夹杂在其他外国记者中会惨不忍睹，所以旅行回来后一直没勇气看那录像带。

有一天晚上，趁家人都睡着了，我偷偷跑去客厅，一边深呼吸，一边放录像带。这是什么嘛？节目早就用日语重新配音了，我的声音根本听不到，只看得到嘴形在动。心里真是又气又感激。我竟然把它想得那么严重，太可笑了。那天晚上，我一个人在客厅地板上边滚边笑。

本着愈挫愈勇的学习精神，借助在错误尝试中成长的学习方式，我的英语的确有进步了。

再没有比实战更好的英语老师了。因为有机会讲英语，被迫对英语产生兴趣，赶鸭子上架的机会越来越多，我的英语也就慢慢进步了，结果，竟然形成了一种良性循环。一来二往，胆子跟着变大，后来我甚至还访问过外国元首。

在韩国，这样就算 "会说英语" 的记者了。

不过，我还算有自知之明，清楚自己的瓶颈在哪里。能到美国念研究所吗？这么不扎实的英语，想想就知道那会有多辛苦。改用"she"的地方用"he"，第三人称单数动词后面该加的"s"放错位置，主语和动词搭配不当，时态弄错，对助动词的微妙语感差异不敏感，等等，总之，英语讲错的情况真是不胜枚举，这里我就不事无巨细地披露了。

在去美国之前，我从来没写过正确的英语作文，在哈佛好几次连简单的英语都听不懂。尽管如此，我还是深信可以在犯错和改正错误的过程中把英语学好，因为之前就是这样走过来的，尤其在非用英语不可的美国，我们梦寐以求的语言环境不再是梦了，那进步一定会更明显。

我期待，在美国住一两个月以后，英语会讲得跟母语一样溜，原本文法书里死气沉沉的英语将注入生命，再把随处听到的英语片断拼凑起来，"绚烂英语"自然会开花结果……

最终，期待落空，所有的自然成了想当然。虽然整个学期，我都浸泡在听英语、说英语的环境里，可直到学期结束，我的英语实力依然没有明显的进步，增加的只有失望。

连跟食品店里发音奇怪的中国叔叔争论，我都会毫无还口之力。你说说，以这种英语程度，我还能期待什么呢？

像许多带着韩式英语来到美国的韩国人一样，我渐渐变得沉默。英语没有进步，只得学习察言观色，先找出不开口说话也能好好生活的方法吧。不明白情况的美国朋友问我："我认识的记者都很健谈，为什么你的话就这么少呢？"我听了只能苦笑。

其实，英语的问题不只是说得不流畅那么简单，其他潜在问题往往捉襟见肘。像在考经济学的时候，虽然知道题目在问什么，我却没有办法用英语表述我想到的经济学知识，结果交出去的试卷几乎是半纸空白。再比如，数学课想要举手回答，却不知道"根号""除法""对数""四舍五入"的英语怎么说，更别说用英语把冗长公式背下来。

这时候，我就会去找佛莱迪，他是专门替非英语系的外国学生补英语的讲师。

"佛莱迪，我有问题想问你。"说着，我打开数学课本。

"哦，我又不懂数学！"佛莱迪紧张得连连挥手。

"我不是要问数学，我想知道这些公式怎么读……"

佛莱迪无可奈何地笑了一下，然后将公式一条条念给我听。我一脸茫然，一边听，一边抄。

整个夏天，我从佛莱迪那里学到了如何参与讨论、如何迫切地表达意见，以及如何在上课时站上台发表意见。他甚至用摄影机将我在同学面前发表作业的模样拍下来，然后叫同班同学跟我一起看。看完录像带后，同学按照顺序指出我在发表时出现的一些问题。那时候的我，就像是在接受审问。

佛莱迪对我的英语实力评价是这样的：

"你的方法好到可以当我的老师了！但是你的问题：你一直想讲正确的英语。你的肩膀上装了一个文法监视器，可它不会在你讲错的时候帮你纠正，只会让你更加胆怯。你看中国来的刘，文法完全不对，可是他能够自信地大声说出来，所以他说的话尽管错误百出，却能让人听懂。"

佛莱迪会去每间教室观察外国学生的上课状态。有一天，我在学校邮筒前碰到佛莱迪，他说有话想跟我谈一下。

"到目前为止，你还没有在任何一个课堂上举过手，你打算什么时候举手呢？"

"因为没什么特别想说的嘛，我尽快就是了。"

"尽快是什么时候？下一堂课？还是下下一堂课？"

佛莱迪一副不肯轻易罢休的样子。

"今天上个案研究时我一直在注意你，我觉得你了解课堂上90%以上的内容，而且看起来很感兴趣，一直在犹豫要不要举手。可惜的是，你始终沉默。我很想刺激你一下。举手发言吧，只要有了开始，下次上课就容易多了。"

不过，下一次上课我没有举手，下下一次上课我还是没有举手。估计佛莱迪快被我逼疯了，于是拜托教授点名叫我发言，后来我被教授点名的次数多得让同学们讶异。我知道，佛莱迪是为我好，但是因为常被"骚扰"，我还是觉得有点不爽。

学期快结束时，佛莱迪在其他学校找到新工作，离开前他屡次提醒我：别管什么语法，大胆说出来。尽量使用简单的词汇，这样听起来才自然。讨论时要贴近桌边坐着，用具有攻击性的姿势发言，用带点激动的语气说话，还要把音量提高。亚洲人都太安静了，如果一直用这种态度，别人会无法了解你的主张是什么。也可以多使用手势，这样更能制造不一般的气场。

这不是单纯地学英语，而是要改变个性。

佛莱迪在离开前对我做了鼓励性的推测，他说："只需要六个月的时间，你就可以变得像在美国土生土长一样。"我很感谢佛莱迪对我的鼓励，但佛莱迪的推测并没有实现。在他离开后，再没有人对我的安静提出过异议。

我又变回那个沉默的学生，英语压力依然存在。

在谈判实习结束后，我的美国对手自吹自擂说："因为谈判策略拟得好，我最后顺利地完成了协商。"当时，我实在很想说："不是你的谈判策略好，而是因为我的英语太差。"但还是忍了下来。不管是英语说得不好，还是谈判能力差，反正输就是输了，没有什么好说的，结果不会有什么改变。没有任何人给我辩解的机会，实战时的严苛可以想见。

参与项目讨论时，我其实只算是个搭便车的。因为，民营化（privatization）、紧缩财政政策（contractionary fiscal policy）、功利主义（utinlitarianism）这些单词只用眼睛看过，从没用嘴读过，所以念的时候发音一直不对。如果支吾半天只讲一个单词，那种感觉不知有多么慌张。只要一开始慌张，我就会失去自然的说话节奏，也常会因此忘词。因此，看着同组的同学热烈讨论时，我只能选择旁观。

英语实力不如人，真是件痛苦的事。

教授在课堂上讲笑话时，别人听了都拍桌子捧腹大笑，只有我一头雾水。有时，也跟着一起笑（尽管我听不懂），有时只是安静地坐着：两者都一样让我感到内心空虚。

在那些日子里，上学的路犹如跋涉泥沼，每迈一步都是陷落，每一次陷落内心都莫名的烦躁："今天又是做完一堆傻事后回家。"如果是因为不懂上课内容而被当成傻瓜，那也是没办法的事，可一想到是因为英语不好，就会觉得委屈。

在由我所主导组成的读书小组里，我一样毫无贡献。第一堂课时，教授叫我们分组，我很快找到班上几位看起来聪明的同学，成功地和他们分在同一组。如果他们早知我是如此沉默，甚至会成为小组的包袱，估计他们是不会同意我入组的。虽然大家没有当面对我提出过非议，但是我自觉很抱歉。

那时候唯一支撑我的信念就是："为英语而感到痛苦，

就证明了我正在进步。"这种信念到目前为止还没有改变。

　　当你因为做某件事而感到吃力、痛苦时，其实就代表着情况正在改善。等经过一段时间再回头看时，你将忍不住地笑着说："哎哟，那时候真是辛苦呀！"

无法克服，原地踏步

有时人生会用砖头打你的头，不要丧失信心。我确信我爱我做的事情，这就是这些年来支持我走下去的唯一理由。你得找出你所爱的。工作是如此，对情人也是如此。在找到之前，继续找，别停顿。

——苹果创始人斯蒂文·乔布斯哈佛演讲《你得找出你爱的》

说英语，听英语终究比写英语容易。写英语比说英语要难十倍二十倍。

作文教授看过我夏季学期的第一份报告后写了些评语，那些评语至今让人难忘。在办公室前的邮筒里拿到教授改完的报告，我诧异、慌乱。"这真的是我写的报告吗？"

整份报告全篇飘红，估计教授改得眼都红了。

"你的英语写得不好，我不明白你想表达什么。"教授开门见山。西方人的直接让我这个含蓄的东方人真想瞬间变成老鼠溜之大吉。

　　犀利点评毫不留情，针针见血，篇幅之长，让我读完后有如淋过了一场大雨——一道道冷汗湿透脊背，毫不夸张地说，水泥地都快激起水波了。

　　这是我第一次完全用英文写报告，也是第一次被人如此不留情面地批评，我原本就不是天才，第一次做不太好，是意料之中的事，但是效果差到如此地步也实在超出我的心理承受能力。

　　心情糟糕透顶，我离忧郁症不远了。

　　作文教授安慰我说：

　　"我喜欢打网球，而且认真练习，所以和其他人比赛时很少输。但是有一天，教练叫我换了支新的网球拍，之后每次打球都输。我很生气，坚持要换回以前的那支球拍。这时教练对我说：'等习惯新球拍后，实力就会更上层楼，可是如果无法克服的话，你就只能停留在以前的水平。'"

　　嗯，我也把写英语当成是换球拍好了。不用韩文，试着用英语去说、去写。我努力地适应着，试图习惯，试图克服，可我的脑子就被五花大绑了一样——就是不开窍！

　　有天晚上，我的报告写了又改，改了又写，直到天色破晓，我的报告还不见尾声，只好继续奋斗。后来，头疼胸闷，决定去外面散散心。没想到查尔斯河畔正在举行盛大的活动，好像是划船比赛。卖气球，卖热狗的小摊到处都是，人潮涌动，热闹非凡。而我对此却毫不知情，前一秒还困守在电脑前，死敲键盘。

名义上，我是个靠写文章吃饭的记者，是个有十年工作经验的老手，结果竟然被一份不到四千字的报告折腾了两天两夜，最后还是没结果。幸好这里是学校，换做职场，我早就丢饭碗了。

世界上最难堪的事情就是，自己勉为其难，别人却说你小试牛刀，还要赞美你，恭维你，下次还要拜托你。美国同学不知道"报告事件"背后的悲惨，每次做团体项目研究时，都会热情地找我加入。

"你当过记者，文章一定写得比我们好，这次的报告就一起写吧。"

是的，如果文章用韩文写当然比你好，可是……我很想告诉他们："同学们，我不是只敲敲键盘而已，那些文章可是用血汗换来的啊。"不过，我还是忍住没说。文章好手千辛万苦熬出来的报告，一经教授检阅就是整篇飘红啊。

教授会修改文法，会修改内容，还会在报告后面附加冗长的评估信，鼓励我说，报告内容很好，只是文法还不太通顺，所以要常练习英语写作。

有一次我和来自冰岛的同学分成一组，我们要写一篇有关罗斯福总统的报告，目录拟好后分配任务，因为我习惯晚上写东西，所以大家决定第一章由我先写好，然后再由我e-mail给同学。当我睡觉时，白天精神比较容易集中的同学就继续写下面的章节。我们花了几天的时间，用接力的方式写完报告。后来这份报告成为了课堂上少数拿到"A"的一份。教授称赞说："因为是外国人，英语表达虽然不是那么流畅，但构想很好，所以给A。"我和那位同学抱在一起，兴奋地跳起来。那是我生平觉得最有价值的A。

听到美国同学说"韩国人、日本人、泰国人的英语真是无药可救"时，我的心都快碎了。他们怎么可能知道我们为英语所经历的痛苦。

有位香港朋友这样说：

"我们教室里有两个围城，一个是韩国城，一个是日本城。背景相同的人坐在一起，用他们自己的语言大声交谈，不跟其他国家的同学说话，课堂上也几乎从不举手发言。既然这样，那为什么来美国读书呢？"

我说过，并不是因为东方人个性孤僻、怪异，也不是因为没有想法，最主要是因为他们的英语不熟练，才选择了在美国沉默。但是美国同学不这么想，总认为这些面无表情、沉默寡言的亚洲学生可能会成为负担。

经过一段时间后，英语压力减缓。不是因为英语有进步，而是因为对因英语不好而引起的状况习以为常了，就算上课被点名发表意见也不会紧张，即使不做课前预习也敢和同学一起听课，然后"从容"地发言。

虽然我们将考试成绩不理想，极少参与讨论，甚至日常生活碰到的困难，全都归咎于英语不好，但事实并非如此。

我曾经在某次课上讨论时，一边冒着冷汗，一边坐在那里想："如果现在这堂课是用韩语进行，我就能畅所欲言了吗？"

不，还是不行。

沉默的原因不只是英语的问题，很多时候还是因为缺乏逻辑思考的训练而无法整理出适当的想法。因为东方人的思考模式与美国人的不同，所以常会跟不上他们的脚步。这个问题不是努力可以解决的。想到这里，因为英语不好而产生的心理负担突然减轻了一半。用英语写作自始至终都一样痛苦，只是心情不像一开始那样郁闷了。

在寄出我在哈佛的最后一篇报告后，我给教授写了一封信：

"教授，这份报告可能是我人生当中所写的最后一份英语报告了。真希望以后不再用英语写文章了。"

教授回信说："辛苦了！还有，恭喜你。现在可以重新回到工作岗位上，用自己的母语畅所欲言了。"

如果从小就开始学英语，能将英语运用自如的话，我相信一切都会变得不同。

我的英语就像一台收讯不良的收音机，有好几十个电台播放着高水平的节目，但我的收音机却只能搜寻到五六个节目。即使投入相同的金钱和精力，和那些说英语像母语的人相比，我还是差了一大截。

　　有些该知道的基本表达，我还是不清楚，我的英语显得不够扎实。不过因为进步很多，所以面对这样的事实不再那么痛苦。能用英语表达重要的事情，没有沟通障碍，对于我来说，这种程度的英语水平就够了。这番领悟来得有些迟，但无论如何，这是我最应该明白的一件事。

想做的事，立刻做

当我们想做一件事情的时候，就代表我们有做那件事的能力。

——理察·巴哈

这是进哈佛读书之前几年的事。

那一次我去波士顿出差，顺便绕到哈佛广场。在校园里逛完一圈后，我走进一家有整片落地窗、里面一览无余的咖啡厅，找靠窗的位置坐下。

一边默默看着哈佛广场上来往的学生，一边喝着咖啡。我打算就这样消磨一下时间。当时，突然有一股热情涌上心头。

"或许，不会再有机会回学校读书了吧！已经太迟了。"

我无意地喃喃自语，心头些许落寞。

当时是我进入职场的第十年，再回学校读书就跟辞职自己当老板一样诱人而不现实，因为毕业已经太久。一想到这点，刚涌上喉头的热情立即变得苦涩。

如同许多人一样，我也隐约怀着"再回去读书"的期待。

我这个人喜欢读书，但是觉得为研究而读书很可怕，连鼓励大家继续读书的老师都会唠叨："真烦人，你就别再读了吧。"所以才决定毕业后就业。那些有关学校、读书的回忆都在工作期间忘得一干二净了。

可是，在职场被各种纷乱的事物纠缠到疲惫的时候，尤其是被看似无意义的工作弄得焦头烂额的时候，"重回学校"的想法就会像美食诱惑馋猫一样揪住我的心。我总觉得好像有什么事情没做好一样，需要回学校去把它完成，而且隐约觉得早晚都会回去。这种莫名的冲动让我困惑。

我对做学问有兴趣吗？并不是。

是想当老师吗？也不是。

那到底是为什么？

仔细想想，有可能是逃避。因为工作太累，累到心痛，关键是越忙碌越迷茫，所以希望能有一个更好的而且安静的地方让我躲起来。

现状越是不尽如人意，往事越是被过分美化，越是让人念念不忘。

几年后，一个曾经和我一起上过经济学课程的同学邀请我去参加冰激凌免费试吃聚会，她的丈夫是冰激凌店的经理。而那家冰激凌店恰是当年让我有过一番苦涩觉悟的咖啡厅。

得知这个巧合时，我心中无比惊异。终究还是要再来的，命中注定的奇妙感。只不过曾经我是观光客，看着当时我羡慕的学生路过窗口；现在我是背着书包的学生，是某个人啜饮的咖啡里的思绪。

我一边吃着大杯冰淇淋，一边品尝由多年前的苦涩转变而来的甜美滋味。

想做的事一定要去做。当我们会想去做某件事的时候，就代表我们有能力去完成它。忽然间，我开始更正面地看待世界，而且也开始了每天平均往返哈佛广场三四趟的学生生活。

有位菲律宾同学一到剑桥，马上就带着六岁大的女儿来到哈佛广场。

"这就是有名的哈佛广场。"同学告诉女儿，像是要托付传家宝。

这时女儿问他："爸爸，'广场'指的是哪里啊？"

哈佛并没有明文规定说从哪儿到哪儿是哈佛广场。人人都在说"哈佛广场"，但它实际上只有几条道路，外加几家商店而已。

哈佛广场一带是徒步者的天堂，驾车人的地狱。在这里没有交通规则，指示灯不分红绿，徒步者只管散步，没人规定任意横穿马路不是散步。在哈佛广场区别游客和当地学生的妙招，就是看谁不遵守交通规则。一般来说，老实等绿灯的人，十之八九是观光客。

从驾驶的角度来看，因为行人都不遵守"红灯停，绿灯行"的交规，所以开车驶过哈佛广场是件让司机头疼的事。很多有经验，或者吃过苦头的人，宁可选择绕路，也不会把车开到这里来。

哈佛广场是哈佛王国的中心。

听说在波士顿地区，哈佛拥有的土地和建筑物最多。光是楼房就超过五百栋，其中三分之一都被当成了学生和教职人员的宿舍、公寓。

哈佛广场人潮不断，观光客络绎不绝，载着观光客的轻轨电车驶过时，哈佛广场和观光景点没什么两样。

很多人聚焦的地方一定有好看的东西，哈佛广场上的看点多多。业余歌手和魔术表演是哈佛广场上固定的周末秀。固定的表演者中不乏流浪汉，有些流浪汉会一边伸手乞讨，一边亲切地向你问候，那样子就像老朋友见面后自然地打招呼。

不知情的游客肯定要纳闷：这个国家怎么了？连流浪汉都这么热情。

尽管如此，我还是不曾给过流浪汉半毛钱。可凡事总有例外。

有一名体型较胖的女乞丐，常会在托斯卡尼尼冰淇淋店附近大喊："给点零钱吧！"有一天下午我跟往常一样，漫不经心地走过她前面，却发现她好像有些不同。

"今天不乞讨，我过生日。"

看到一名胸前挂着纸牌说今天是她生日的乞丐，谁都没办法视若无睹。

"生日快乐。"

我将一美元的纸钞，连同我的祝福放进她的手中。

哈佛广场的招牌秀在每个星期六的下午。届时，有个经验丰富、专门模仿披头士的团体会演奏披头士歌曲。

如果说你在这里逛累了，想像国内那样，在哈佛广场找个麦当劳、必胜客，随便吃点，这个需求不高，但你有这番打算时，注定要失望了。外国人熟识的"纯美式"意象在这里完全看不到。这让这里显得与众不同。

听说哈佛大学为了维持哈佛广场的传统特色，阻止大型连锁店入驻。许多土地和建筑物的所有权都属于哈佛，哈佛绝对有资格这样做。

哈佛广场的故事先说到这里，回到读书的主题。

在哈佛待了一年后，我才弄明白自己长久以来"想读书"的真正渴望到底是什么。我想要的，就是悠闲自在的学生生活。准确地说，就是那种不属于任何地方，什么都未决定，有痛苦有欢笑，有任何可能性的生活……

不过，在哈佛，我想重温"学生生活"的梦想彻底破灭了。

如果想过悠闲自在的学生生活，千万不要来哈佛。回忆很丰满，现实很骨感，而且杀伤力不是一般的大。成为哈佛学生的那一刻，我失去了心中的避难所，从复杂的职场解脱，却掉入一个更冰冷的世界。把"学生很悠闲"的错觉扔掉，这是一年的哈佛生活给我的最大教训。

在哈佛发烧，三十六度半

计划随时都会有变化，该做的事没做，不重要的事上却花了太多心思，这种错误时有发生。若要问原因，我只能回答说，因为到目前为止，太多人都是想到什么做什么。

在哈佛的韩国留学生之间流行一首歌谣，名叫"哈佛光荣之歌"。曲调、歌词可以随意编写，只要在曲中一边叹气，一边加入"我是为了沾什么光，要来到这里受苦"就可以了。

哈佛的学生都是精英中的精英，每个人都不能小看。努力想在教室里找出一名比自己差的人，结果只能是白费力气。混迹在高端人士中间，要从教授和同年级同学口中听到赞美自己的话，不是件容易的事，更别提赶超他们了。

有人形容哈佛学生要读的书简直多到"一般学生要读到死才能读完"的程度。除非例外，否则大家都要争分夺秒地读书，仿佛第二天就要死去一样。坐了十年办公室后，某一天突然坐进了美国的教室，而且每天过得不比上班轻松多少，我还真是有些不适应：没想到太久没读书，读起来还挺费劲。把数学和经济学的教材拿出来看，只有摇头叹息的份，因为它们全都是英语的！

不过，幸好有暑修课程，可以让我在正式上课前，来个暖身。可对于长期缺乏锻炼的人来说，暖身是治标不治本的。

学校方面大概想让我们这种从职场来的"回锅肉"，好好尝一下学校生活的"滚烫滋味"，竟然排出满挡的课程，列出成摞的教材，打算对我们进行体力大检验。除了正规的课程之外，各种讲座和活动也是满满当当的，让人怀疑自己这样下去会不会患上选择性综合征。

过完暑假，我回过神来，原来哈佛是"吃到饱餐厅"，也就是所谓的自助餐厅。到自助餐厅吃饭，最高境界就是扶墙进，扶墙出。什么都不吃，或是吃到七八分饱，那你肯定亏。另外，吃自助当然要挑最贵的吃才划算，难道有人会花好几百元去自助餐厅吃拉面？哈佛一流的吃货都知道，自助，最需要的就是"战略"和"优先顺位"。

就算你每个课程都想听，也不可能全部都听，所以必须有战略性的选择。先决定哪些非听不可，然后依照课程的重要程度排出先后。如果上课时间冲突、必须做出取舍的时候，最好按照优先级别来选择。

将时间好好安排，做真正想做的事，这才是学校生活成功的第一步。其实人生也像一间自助餐厅。如果傻傻地想到什么就吃什么，很有可能会吃坏肚子，或是塞进一堆没营养的东西。等看到真正美味的食物时，胃容量已经很有限了。

千万千万不要盲目地到处奔波，徒然浪费精力。

这句话说起来简单，做起来困难。计划随时都会有变化，该做的事没做，不重要的事情上却花了太多心思，这种错误时有发生。若要问原因，我只能回答说，因为到目前为止，太多人都是想到什么做什么。

上完课后回家，到家就写作业，写作业的同时，心里抱怨："怎么这么多作业？要不要人活啦？"等到写完作业，突然大叫一声："啊！"像慢半拍的灯一样突然亮起，知道了为什么要写那些习题。既然如此，那就更加非写不可了。

我买了彩色铅笔、三角尺，还买了很多便条纸，全部在书桌上摆好，做出要专心写习题的架势。我本来就喜欢各种文具，所以感觉很有趣。我像小学生一样坐在书桌前，一边画图，一边按计算器，转眼就到了半夜。

辛辛苦苦把作业写完，一直到凌晨才爬上床睡觉，早上好像牛皮糖一样黏在床上。在哈佛的这段时间，英语什么的课程起色不大，反倒是赖床的毛病越来越顽固了。终于有一天，我也唱起了"哈佛光荣之歌"。

"我是为了沾什么光，这把年纪花钱来这里受苦……"

对我而言，暑修期间的早课——早上八点半的总体经济学——简直就是死亡时刻。平均算下来，我每三到四天就要熬一次夜。熬夜这种事放在二十几岁是小菜一碟，凌晨五点睡觉，六点起来晨练都不在话下。可我一把年纪了，如果写作业写到凌晨两三点，睡不到十点以后，头疼得简直让人想撞墙。可尽管如此，我还得顶着沉重的脑袋七点半起床，为什么，因为要上课呀！

在哈佛充足的睡眠是奢侈，也是奢望。我为了每天能多睡十分钟，化妆基本成了可有可无的事，黑眼圈、雀斑、毛孔等等全部Don't care。因为怕麻烦，更因为懒，只好不成人样地去上课。俗话说，女人的衣柜里永远少件衣服。每天早晨在衣柜前犹豫穿什么的日子，现在已经一去不复返了。

为了节约时间，我不想花心思在穿着上面，于是干脆买了两条牛仔裤换着穿。

如此减法生活，尽管活得辛苦，也不够优雅，但那种不在乎别人眼光，率性做自己的日子，是我喜欢的生活——不用想太多，只要单纯地为做好一件事而努力就好。有时候，我们希望的不就是这样吗？

对于起床困难户来说，第一堂课迟到是家常便饭。这科不是必修课，只是因为我自己想听，所以才听的。没有强制性，基本没压力，上这门课"绝对安全"，所以才会常迟到吧。哎，学习被动症果然是恶习。

在没有完全清醒的状态下，拿着一杯咖啡，悄悄溜进教室后门，坐在最后一排。不用你说，我也知道自己像只溜进厨房的小老鼠。

每每此时，朱丽叶就在那里偷笑：

"你又迟到了……"

我毫不客气地回嘴：

"那你为什么会坐在最后面？"

朱丽叶十分默契地微笑、闭嘴。

比我晚到的戴维一坐下来就开始打瞌睡，这次换我"欺负"他了：

"你干脆回家睡觉好了。"

"那怎么可以，我就是要来听总体经济学，让自己清醒一下，等一下听个体经济学时才能专心呀。"

不知因为是在哈佛所以才辛苦，还是因为读的是以前没读过的书所以才辛苦，总之，读书真的痛并快乐。

在哈佛度过的第一个夏天，应该是我这辈子流汗最多的一个夏天。但这不算什么，和职场中所流的"血汗"相比，在哈佛流的汗可说是"幸福的汗水"。

因为有暑修的魔鬼训练，所以冬季学期比想象中轻松。不过，不及格的梦魇不分季节，始终挥之不去。害怕考试，是学生的通病。我本来下定决心，如果考不及格的话，就启动预备案——我在哈佛求学失败时，借一辆大吉普车横越美国大陆，潇洒地去旅行，写一本不错的游记。

在哈佛想考不及格都很难。这是哈佛学生都知道的秘密。哈佛每学期上完课后，都会有大约两周的"温书假"，让学生准备考试，这等于给了学生足够的机会将落下的功课补回来。

成绩不好的学生，可以趁机找助教帮忙复习。如果经过层层的安全设计还考不及格的话，那问题多半出在学生身上，有可能是身体状态不佳，或是家里发生了什么意外。

我没有读过美国的其他大学，在韩国大学毕业也很久了，在没有适当的比较对象下，我认定哈佛大学是最优秀的。学校不分好坏，即使美国的最高学府，里面的学生、教授都是良莠不齐的。在哈佛，有的教授不够认真，让人忍不住为昂贵的学费感到心疼；也有的教授写了洋洋洒洒的授课计划，上课却很随便；即使哈佛的教授个个认真负责，遇到缺乏上课的热情和诚意的学生，也没办法。

有哈佛的名号，却不一定有与哈佛名声相当的水平。

不过总体来说，哈佛学生还是很用功的，学校的气氛会让你觉得"不想读书，干脆不要来"。既然来到了哈佛，就一定要喜欢读书，即使再苦也要承受压力读书。聪明的学生，无法忍受读书的酸甜苦辣，最终会沦为哈佛的"镀金产品"，着实可惜。

到了十月，天气转凉，校方会给学生发这样一封邮件：

　　"各位都是忙到没有时间生病的人。新英格兰地区今年冬天将会爆发流行性感冒，请大家尽早到学校医院接受预防注射。"

　　读完信，既心怀感恩，又感觉异样，校方的这话怎么像在说："各位都是读书的机器，不能出故障。"哈佛连学生是否感冒都管（要知道，人要感冒，上帝都管不了），实在让人有点无奈。不过，打个流感预防注射也不是坏事，去一趟也无妨。

　　"流感预防注射"提上日程，但实施却是一天拖过一天，直到有一天突然感觉四肢无力，浑身酸痛，我才意识到"流感预防注射"已经被我忘掉很久了。

　　不久就要考试了，生病可不得了。被逼无奈，只得去医院跑一趟。

　　医生仔细问我的症状，然后量体温。

　　"没有发烧。"

　　"但我全身发烫。"

他将体温计拿到我面前，我说看不懂华氏，他马上拿摄氏的换算表给我看。是36.5℃，简直像在骗人一样。照理说，应该更高才对呀。我很生气——身体这么不舒服，医生您搞错了吧……

医生微笑地跟我说："这跟流行性感冒完全无关，应该不是感冒。"他还说，像我这样的学生他见得多了。

我问他："不是感冒，是什么？"

他回答说："压力，过劳。"交给我一张纸，上面写着：

"多休息，多喝水，睡饱穿暖吃好。如果觉得肌肉疼痛，就吃止痛药；如果发烧，自量体温，持续发烧一天以上时，再来医院。"

没拿到药，只拿到一张纸！走出医院时，我觉得颜面尽失，而且很失望。我好想找个正当理由，生病睡觉不上课不读书。如果医生说我病了，我就梦想成真了。可现在，愿望落空，我……我……我束手就擒，乖乖读书。

走进一家咖啡厅，坐在靠窗的沙发上，任由温暖的阳光照在身上。我坐在那里，安静属于我。喝过咖啡，看过几页书，心情平复，等到上完课回来，不舒服的感觉全消失了。

　　果然，生不生病都在自己的一念之间。压力是心病，是引起身体不适的主因。和在首尔工作时相比，哈佛的学生生活并不算辛苦，但是这里所特有的、不同类型的压力是其他地方的压力没法比的。

　　哈佛的学生都有病，神经过敏症。

　　有一次分组研读总体经济学，我们在黑板上边画图讨论边解题时，某个同学从书包里拿出一瓶瓶的药。他将药丸放入口中，然后自言自语着：

　　"唉，真头痛，这叫'总体经济头痛'。"

　　有位曾和我一起参加读书小组的同学，为了减轻压力，还跑去寻求专业的心理咨询。

　　"怪病事件"后，我从留学生的学弟学妹那里学到一样生活秘诀。他们说，当身体发冷、心情没缘由地低落时，喝碗热汤，一下子就爽了。后来，只要感觉身体不舒服，我就拿出锅子来煮汤，肉、蔬菜、调料，统统扔进去，连同各种烦恼、忧郁和不安也丢进去，一通咕嘟乱炖，一直煮到水开为止。

　　看到锅内不停冒出滚烫的蒸气时，心暖了。喝完一碗热汤，汗流浃背，心晴了。

据我所知，中国朋友在身体不舒服时，也会喝酸辣汤，日本朋友则是吃寿喜烧或乌冬面，美国也有类似"心灵鸡汤"的说法。

第一年的秋季，我总共选了五门课——几乎全是每周必须交申论作业的课。因为贪心，我想多上一些课，机会难得嘛。刚开始觉得不过如此，时间一久，才发现选五门这样的课，简直等于胸口碎大石——喘不过气。

同学都在骂我："你疯啦，干吗选作业多的课来听？"

等到要考试时，我真切地领悟了同学的愤怒——那一堆作业果真让我叫苦不迭。在这段期间，一个星期好像缩短了，交作业的日子总是眨眼就到，而且多半会和考试日期撞车。

为了应付考试，为了按时交作业，我仿佛身在流水线，一刻不得闲。情况紧急时，我也抄作业。可是，大多数时候一想到以后可能没机会再听这些课，还是选择独立完成作业。

每次手脚并用都忙不过来的时候，我就特别期待星期五赶快到来。这下我总算明白，为什么美国人一到星期五就大喊："感谢上帝，星期五了！"要是没周末，美国人可能早就阵亡几百次了。但周末的愉快也只是短暂的，还没回过神、歇过劲儿来，我们就得接着大喊："喔，我的天啊，又是星期一了！"

根据《哈佛深红报》的调查，很多哈佛学生因为课业负担和竞争，压力大不算，还会觉得有罪恶感。此外，一个月中，平均每三名学生当中就有两人要花两个周末的时间在宿舍读书。这种心理上的负担不是逼迫所致，主要还是责任感使然，他们了解"在哈佛读书的日子有多珍贵，所以绝对不忍心浪费时间"。

所有的时间都不会回头，并不是只有在哈佛读书的时间才叫珍贵，任何人的任何大学时光都是一去不复返的。如果真要说有什么不同，那就是：哈佛用各种方法让你自觉时间可贵，并帮助你最大化地利用时间发挥潜能。

选择的乐趣——哈佛大学图书馆

要读的东西越来越多，如果在这种情况下还看小说的话，就会觉得有罪恶感，眼睛也容易疲劳。当读书变成义务时，读书的乐趣也就消失了。

去图书馆时，看到广告传单上说，普西图书馆正在拍卖藏书。看到传单的那天刚好是拍卖的最后一天。听说大学图书馆常常会把多出来的书拍卖掉。

以前哈佛图书馆拍卖旧家具时，有位德国同学买了好几张椅子，每一张的寿命均在百年以上。那位同学的宿舍楼也是哈佛校区内相当老旧的一栋，电梯升降时常会发出让人不安的吱嘎声，同学还开玩笑说，是不是地下室有什么怪物正拉着挂有铁链的齿轮荡秋千。一进他的住处，古色古香扑面而来，巨大的门框（同学经过一处正在施工的住宅时，听说主人要把门框丢掉，就把它捡回来），老旧的桌子，图书馆的椅子，无不让人恍惚：进入这道门就进了时光穿梭机，难道我回到了内战前的美国？

我兴奋地跑到普西图书馆，希望在那里淘到同学宿舍里的那种椅子。

图书馆入口的大厅摆满了书。

"一本一块钱，一袋五块钱！"

美国的书很贵，用这种价钱买书，简直是发横财。我把背包往旁边一放，开拣！

因为是处理的最后一天，好的书早就被人买走了。我找不到自己喜欢的书，可是，看着那些装帧古典、纸质泛黄的书，觉得自己的视线被什么抓住了——书，多么美的书呀。买几本回家，即使不看，摆着我都开心。

挑了几本根本不会看的书，结账，撤退。

柜台前，有个学生只拿了一本书准备付钱，图书馆职员劝他："装满一袋只要五块钱，再挑挑看吧。"

那名学生回答说："不用了，我只需要这本。"

图书馆职员微笑地看着他说："你似乎很清楚自己要什么。"

贪心的我，抱着一摞不会看的书站在旁边，不禁脸红，回想起自己听到"拍卖"就失去理智而买书的样子，自惭形秽……不过，买的书多了，就免不了有那么几本是用来闲置的。

我买了十几本书，装了一袋子。让人意外的是，十几本书在我怀里竟然不显重量，出奇地轻。可能是因为在图书馆的书架上待了太久的缘故，书中的某些东西随着岁月流逝蒸发掉了。抱着满满一袋书回家，沿途遇见黄花绽放，心里像雪后初晴一般清澈。

哈佛最震撼人心的地方，非图书馆莫属。哈佛大学图书馆的藏书共计一千五百五十万册（现在应该更多），分馆共计一百多处，除剑桥和波士顿地区之外，华盛顿、意大利佛罗伦萨等地都设有分馆。其规模之大，可以和世界上藏书最多的美国国会图书馆相媲美。

对于我这种第一次使用开架式图书馆的土包子来说，在校园各地的图书馆晃悠，简直像是在探索新天地。还有什么比哈佛的图书馆更好的休憩场所呢？

坐落于哈佛校园里的威德纳图书馆，是哈佛最大的图书馆，藏书约有五百万册，据说每年购入的新书也超过十万册。它简直就是一艘航空母舰嘛！看到馆里藏书架的那一刻，我内心受到的震撼，是无法用语言来形容的。这个地方仿佛贪婪地想将所有用文字记录的人类历史搜集殆尽。

一九一二年发生了著名的"泰坦尼克号沉没"事件，这个事件对威德纳图书馆的成立有关键性的影响。泰坦尼克号沉没时，失踪的乘客中有一名叫哈利·艾金斯·威德纳（Harry Elkins Widener,1885—1912）的哈佛毕业生。威德纳图书馆就是为了纪念他而建（图书馆原名叫"哈利·艾金斯·威德纳纪念图书馆"）。

哈利爱好淘书，尤其是淘古书。最后一次去英国淘书，他死在了回程的船上——泰坦尼克号让他和他淘到的书一同长眠于海底。

据说，泰坦尼克号失事时，哈利都要上救生艇了。可就在最后一秒，他想到自己好不容易淘到的弗朗西斯·培根《随笔集》珍藏本还在船上。据哈利的母亲回忆，她的儿子就是为了找回那本书才错过了救生艇，最后遭到不幸。当时哈利只有二十七岁。

哈利的母亲，威德纳女士为了纪念爱书如命的儿子，决定在哈佛盖一所图书馆，并捐了二百万美元——一笔在当时算是天文数字的捐款——给哈佛大学。哈佛大学为表感谢，决定将当时作为图书馆使用的高尔厅拆掉，在原地盖一座新的图书馆。

因为有人捐款，哈佛就弃旧建新盖新楼，那么日后若有人捐更多的钱要求盖更宏伟的建筑，那威德纳图书馆岂不是第二个高尔厅？于是威德纳女士在捐款时提出了三项条件：

第一，新馆完工后绝不可以再动任何一面墙、一块石头；

第二，要专门提供一间展览室摆放哈利搜集的藏书；

第三，学校要规定，哈佛学生必须学会游泳才能毕业。

威德纳女士深信，如果哈利会游泳的话，就不会在泰坦尼克号事件中遇难了。她说，一旦哈佛大学违反了三者中的任何一条，她就要将威德纳图书馆转交给剑桥。

正是因为"威德纳第三条"，曾经有那么几年，毕业在即时，还没拿到游泳合格证的学生纷纷挤在游泳池边排队等着测试。不过，后来因为有人反映说，这个条件对那些有身心障碍的学生不公平，所以被取消了。但是，威德纳图书馆依旧是哈佛的。

威德纳图书馆共十层，听说如果将馆内的所有书架排成一列的话，总长达八公里。站在由世界各国所出版、划时代的书籍中，会觉得自己好像拥有满腹的学问。不过，图书馆里灯光幽暗，在书架之中来回找书必须打开电灯才能看清书脊上的文字，另外，来这里的人不是很多，再加上图书馆内部相当宽敞，总让人觉得黑暗的另一头随时都有可能冒出个人或其他什么物种来。这搁在内心不怎么强大的人身上，来这里走一遭跟看恐怖片差不多。反正我每次去威德纳图书馆都会不停地深呼吸，好像要去决战一样。

摆放神学院图书馆书架的地板是玻璃做的，有时找书找到一半低头往下看，会不由心惊肉跳，担心玻璃会碎，自己会掉下去。

法学院图书馆的天花板比较高，有股庄严肃穆的气氛。一圈圈的书架上整齐地摆放许多厚重的书籍，让人联想到戴着黑框眼镜、目不转睛苦读大部头法典的法官形象。

相比于其他学院，肯尼迪学院的图书馆规模较小，藏书也不多，实在没什么看头。在我看来，它连我高中常去的那间图书馆都赶不上。这样讲会不会太过分了？过分也没办法，事实就是这样。

大学部学生最常去的雷蒙图书馆倒是明亮、温馨，像咖啡厅一样。那里的藏书不多，多的只是大学部学生作业必要的参考书。不过雷蒙图书馆的文学作品相当齐全，加上到处都有宽敞舒适的沙发，闲暇时待在馆里看一整天小说，简直可以用"享受"二字形容。

接下来，放置珍藏本的荷登图书馆——一个同样有故事的图书馆——登场。

荷登图书馆门口的展示柜里有个红色盒子，盒子里展示着一本相当珍贵的书。

一七六四年，原本作为图书馆的哈佛厅失火，馆内的藏书全部化为灰烬，唯独一本《基督教战争》（The Christian Warfare）因为一个"错误"得以逃过一劫。

事情经过是这样的：有一名学生在图书馆借阅这本书，后来"不慎"将书携出馆外，当他知道图书馆发生火灾后，他跑去请求校长的原谅，同时归还此书。校长看到唯一幸存的书仍然保存良好相当高兴，对这位同学百般感谢，但是因为该生违反校规，未经同意就将书私自带出图书馆，校长还是公正地让他退学了。

在哈佛求学的日子里，我几乎没看到过韩国书，更别提那些与本科无关的课外书了。不看韩国书是因为我固执地认为，在美国读英文书就可以提高英语实力。这个想法并不需要特别下决心付诸实践，因为上课读的书和数据除了英文的，还是英文的，就算想看其他书，也没时间。

报纸，基本上也是没时间去看的。刚来哈佛时，在韩国一定要看报纸的我，根本无法想象没报纸的日子，所以订了《纽约时报》。后来又想有必要看一下当地新闻，除了可以拿优惠券外，还可以了解当地信息，所以又订了《波士顿全球报》。但是，早上报纸送到门口后，我最多看完标题，然后就将其丢掷一旁了，然后等到周末时将堆积如山、过了时效期的报纸清理掉。

要读的东西越来越多，如果在这种情况下还看小说的话，就会觉得有罪恶感，眼睛也容易疲劳。当读书变成义务时，读书的乐趣也就消失了。

在哈佛，放下读书之乐实属无奈，不过，书籍一直是我喜欢的"玩具"。下课后，或是想要散心时，我就会坐在书店翻翻书。哈佛广场一带有哈佛合作社、渥兹渥斯、哈佛书局等各种大型书店，完全能满足我"无事乱翻书"的需求。

我记得，曾经有位教授看完学生的报告后，严厉地批评说："如果看完第一段就让人不想再看下去，那这种文章有什么用呢？"当天，我就找了十几本书专门看每本书每个章节里的第一段。对写文章的人来说，开篇最困难。因为想知道什么样的文章开头可以吸引读者，所以后来我经常这么做。

美国的书很贵。那时候为了认真学经济学，我花四百美元买了四本原版教科书。以当时的汇率计算，四本书就将近五十万韩元（译注：折合成人民币就是小两千呢），实在太贵了！贵得让人想把书直接装进脑袋里。基于这种市场环境，我买书时变得越来越慎重了，能在图书馆借阅的书绝对不自己买。不过，借书也有借书的麻烦，我总是忘记还书。

有一天收到图书馆的来信，说我借的书已经逾期，必须交付罚款。我看到之后喊了一声"天啊"，拿了书赶紧往图书馆跑。

尽管如此，对书本的偏好还是没有改变。平时少量地买，打折时会买一直想看的书，封面漂亮的，一个人吃晚餐时没有书看时，也会买……总之，我会找各种理由买书，两个书柜一下子就装满了。不过，等到快要离开哈佛时，我反而后悔：为什么当初不多花些时间待在图书馆里啃书——我指的不是课本，而是指自己真正想看的书。

睡袋+比萨=哈佛学生集会

这次事件改变了我对哈佛学生的看法。原来哈佛学生并不像外表看起来那样，只关心个人成就，他们对社会议题也是有自己的想法的。

哈佛的冬天漫长、寒冷，同时充满某种感动，让人精神为之振奋。每到冬天，我常站在宿舍楼顶的洗衣间，望着冰冻的查尔斯河，凝视着窗外的银色世界，欣赏，发呆。

因为有寒风的缘故，哈佛的体感温度比实际温度更低。从不戴帽子的我，在哈佛读书期间一冬天没摘帽子，否则耳朵冻得好像要掉一样。另外，这里一下雪就会下很久，所以一双下雪时穿的防滑靴是极其必要的。

冬天的太阳很早下山，最冷时，下午三点半天就黑了。如果第二天没课，我通常会做熬夜读书的准备，读到凌晨三四点，然后睡到中午再勉强起床。起床时，窗外飘雪，泡杯热咖啡，瞄一下今天的报纸，上网收个邮件，吃个早午餐，之后不久，太阳悄悄隐去，天色逐渐变暗。

啊，我"光明"就这样少了一天！

不过冬天不会轻易地打退堂鼓，想要迎接春天，身体必须再度接受乍暖还寒的考验。有时候以为春天到了，天气又突然变冷，接着再回暖，如此反复好几次，差不多到四月了，雪还是会下个不停。

第一次在这里迎接春天时，我被连续多日的温暖天气糊弄，把冬天的衣服送洗后就将其收到了衣柜里。

结果有一天早上，雪花突然造访，声势浩大，杀了我个措手不及。我穿着薄外套出门，发着抖回家，把已经收起来的冬衣拿出来穿。想到白忙了一场，心里就觉得烦闷。

2001年春天，正当天气回暖之际，哈佛发生了一件大事。当时哈佛大学付给临时聘雇人员的工资未达到剑桥所规定的最低工资10.25美元。哈佛学生为此发起抗议，甚至扬言要包围校长室。一个名叫"进步学生劳动运动"的团体是这次抗议的主导者。邻近哈佛本馆、形同哈佛象征的哈佛园变成了抗议者的帐篷营地。为了呼应包围校长室的抗议行动，其他学生也纷纷聚集到哈佛园。

哈佛大学是世界上最有钱的学校，也是剑桥最大的雇主，只要一有机会，它就会强调自己对地区发展的贡献。可没想到如此财大气粗的哈佛竟未能遵守被雇用者最低工资的规定。这点哈佛可比不上麻省理工学院和波士顿大学。

哈佛校方申辩说，除了工资之外，学校给临时聘雇人员提供了职业教育机会，还允许他们免费参观美术，以及类似这种的补偿。不过学生们仍然抗议说："免费参观对解决民生问题毫无帮助。"哈佛学生认为："一边践踏劳动者的尊严，一边享受着哈佛的特权，不是哈佛人的风格。只要拨出0.05%的校务基金，劳动者的民生问题就可以解决了。"要不是有这些拿着低工资还认真工作的人，哈佛大学不会是现在这个教育程度。聚集在帐篷营地的学生高喊："别人可以遵守的最低工资规定，哈佛却不能遵守，难道以为这种差异是高尚的优点吗？"

在哈佛生活了两年，我还是第一次看到哈佛学生针对社会问题发出自己的声音。在美国几乎每天都有各种大小集会，美国人社会服务活动相当投入。但是，像在哈佛园发生的如此大规模的示威，还是很少见的。至少，我是第一次碰到。

和大学时期在韩国大学街见到的示威活动相比，这次的示威像庆典一样，热闹非凡。原来哈佛学生并不像外表看起来那样，只关心个人成就，他们对社会议题也是有自己的想法的。这次事件改变了我对哈佛学生的看法。

来到哈佛后，我想既然要远渡重洋在美国当学生，就要把学生做到极致，于是决定在读书期间放弃记者精神，埋头苦读。但是，这次事件让我的记者之心痒了。我迫切地想知道情势的发展状况。有一天晚上，准确地说是大半夜，我突然想看看晚上的抗议现场。一念起，立即拿着厚外套出门。

警察已经封锁了抗议现场的旧校门，唯独留一扇侧门，在那里仔细检查来往学生的学生证。我走进学校，与待在帐篷营地里过夜的学生聊天。他们大多是来自周边其他学校的学生，还有流浪汉混杂其中，哈佛学生只在白天应对媒体。看着营地里七零八落的帐篷、三五成群的学生，我仿佛看到了舞台的后台，心中竟然有些苦涩。

几天后，校方宣布成立委员会认真对待学生的诉求，学生因此决定暂停抗议。"睡袋+比萨式"的集会（抗议期间主导包围校长室的学生都睡睡袋，订比萨吃）终于取得了阶段性胜利。

他们面容憔悴地走进校长室，容光焕发地走出校长室。在外面等待的学生向他们献上一大束的玫瑰花。

我坐在校长室对面建筑物的阶梯上，将这一幕看在眼里。坐我旁边的教员说：

"世界最高学府哈佛，已经很久没有抗议示威了，没想到这次竟然是为了学校职员工资调涨问题！看来，最近没什么大事可以让这些优秀学生烦心了。"

哈佛有两座没有交集的城市：教授和学生的哈佛，公众视线里的世界级教育殿堂；聘用许多职员工作的哈佛，被公众视线淡漠的庞大后勤。教授和学生负责在台前亮相，职工负责在后台默默劳作。但是，即便如此，沉默的他们有着让人感动的温情。我会对哈佛有感情，也是因为他们给过我的温暖，让我即便在陌生的城市也能看到生活的美好。

哈佛广场附近有一家意大利三明治店，我是那里的常客。有一天下课回来，我不想开灶，决定去那里买三明治。

点餐时，老板放进纸袋的除了我点的三明治之外，还有一个大甜甜圈。

"咦？我没有点甜甜圈啊？"

老板笑着说：

"读书很累的，你可以留到明天早上再吃。"

在店里站一整天的老板比坐着读书的我们更辛苦，可是他却愿意关心别人。肯尼迪学院前面的Dunkin' Donuts里有一名印度店员，暑假结束一看到我，就跟老朋友久别重逢一样，大喊欢迎。

"啊，好久不见！一看到你就知道已经开学了。你要迷你甜甜圈吗？今天买一送一。因为太高兴了！"

对了，还有我们的马盖先叔叔。教授在课堂上不会操作放映机和麦克风时，他就会赶来救场，帮忙解决问题。很多哈佛教授都是"机器白痴"，连上课必用的录放机、计算机、投影机等都不会操作。我不是故意揭哈佛教授的短。事实上，在哈佛的日子里，我真的从没看过一位熟练操作录放机的教授。

有一位教授操作失败后，紧张地把开关交给学生，然后自嘲说：

"我们家的电子产品，全都是一闪一闪地停在十二点。"

大家开始大笑。我家也有那样的电子产品，因为不想设定时间，所以红色的灯都一直停在"12：00"。

我也很怀念教授身边的秘书们。那些四五十岁、帮刚拿到博士学位的年轻教授处理事务的秘书，真的很能干，他们就像照顾教授的保姆一样，总能迅速地帮教授们搞定那些令人头痛的事情。在秘书身上岁月累积的经验处处可见。

我第一年的指导教授是个超级大忙人，姑且叫他Mr.Busy好了。要见到Mr.Busy的真身，必须得去他的办公室好几次，有时逼不得已，还得在他的必经之路上蹲点，才能恰好碰上。Mr.Busy的秘书是六十岁的海伦，当我因为找不到教授而心急时，她也会跟着我一起担心。

"这位教授不知有多忙，不仅要上课，还要上电视节目。听说呀，他的时间都是以分来计算的。不过，很多哈佛教授都是这样的人。"还有在肯尼迪学院的学生餐厅负责柜台的中国阿姨。这位在中国拿到博士学位、曾经当过教授的阿姨，就同一个问题问过我不下十次，那就是："你是中国人吗？"

学生和这些职员，到底谁比较辛苦，这点很难比较。学生拿到毕业证书后就会离开，但是这些职员却要忍受令人不安的低工资雇用状态，同时默默支持哈佛学生。在学生包围校长室、举行抗议期间，前来送饮料、食物，为这些学生加油打气的也是他们。

开始的仪式——哈佛毕业典礼

过去四年的很多变化是我四年前没有想到的：奥巴马入主白宫，经济危机席卷全球，流感蔓延等等，这些都使未来更加难以预测……我要和你们讲的不是如何追求优秀，在这方面你们已经知道怎么做了，而是要讲如何利用未来的不确定性。

——《先到你想去的地方》，哈佛校长德鲁·吉尔平·福斯特

2006年6月8日，哈佛大学迎来了第349届毕业典礼。

我原本是个对典礼、仪式不感冒的人，但是，哈佛大学的毕业典礼让我印象深刻。典礼能让人感受到筹备者的用心、认真和诚意，所以看起来很让人感动。

毕业典礼的英文是"commencement ceremony"，其中"commencement"有"开始"的意思。一般人认为毕业就是结束，怎么会用"开始"这个词呢？就学校生活而言，毕业虽然是个结束，但对即将踏入社会工作的人来说，毕业典礼其实

是个启程仪式。

入学后的第一天，参与新生训练的同学都会聚集到一个大教室做自我介绍。那个教室最多容纳不到一百人，但是第一次坐在那里时，我觉得那间教室大得令人有压迫感。我孤独而茫然地环顾四周，仿佛只有我一个人不会说英语，在诸多精英、天才身边，我是最平凡、最寒酸的人。

毕业典礼也在同一间教室举行。不过，经过两年的磨合适应，最初的那种压迫感已经没了，第一次看起来偌大的教室反而显得有几分小巧精致了。以前看起来格外遥远的讲台，也像是近在眼前一般。

这一年带领这些"回锅学生"的导师相当辛苦，他对即将"还俗"的老学生说：

"回到职场后，你们大概会觉得以前用的办公桌变小了，因为各位已经比最初来到这里时长大了许多，会不适应以前所熟悉的东西。但是，大家可不要表现太明显哦，小心有人背后说你在哈佛忘本。"这话听起来像是哈佛"最后的忠告"。

除了毕业证外，毕业生还会拿到一张写有"毕业前必须要做的N件事"的清单。连这些都替你准备好了，哈佛还真是贴心呀。校方大概是希望学生把一切都整理好，然后不带遗憾地离开学校吧。

清单中的第一件事是要求毕业生回忆整理自己在校期间的经历，以报告的形式提交给学校。有了这份报告，五年后毕业生要找指导教授写推荐信，教授就有据可查了，否则教授有可能记不得你是谁。总之，留下些记录对双方都好。

归还图书馆的借阅图书也在清单中。哈佛有严密的体制，对毕业生也会保持随时随地的追踪，如果你不想几年后突然收到哈佛寄给你缴款通知单（不用想也能预测到，拖欠多年的罚款肯定无比骇人），那最好赶快还书。

清单上提醒的各种事宜，多到数不清，从大到小，事无巨细。

最后一堂课时，教授反问那些抱怨整学期什么都没学到的同学：

"各位，你们一开始踏进教室时懂得多少？"

事实上"什么也没学到"，"没做什么事"，只是假象。仔细想想的话，和当初刚进教室时相比，我们已经学到了很多东西。当然，对毕业成绩不满意是另外一回事。即将毕业离校的我，和那个到每间教室拿授课计划的我相比，差别无比之大。差别不大，那哈佛的学你就白上了。

说到毕业典礼，我会想起让人脚底发冷的韩国二月天。韩国的大学都是在二月份举行毕业典礼，而且毕业典礼的气氛相当严肃。而美国的毕业典礼是在五六月间举行，很多人是戴着太阳眼镜，拿着一瓶矿泉水，面带笑容地参加毕业典礼！

哈佛毕业典礼，没有雨。这恰恰体现校方的用心之处。波士顿属于温带大陆性气候，夏天炎热潮湿，冬季寒冷多雪，校方不选其他日子，而偏偏将典礼定在6月8日，就是因为这一天不冷不热，关键是不下雨。

为了迎接这个慎重选择、精心筹备的典礼，平常不怎么逛街，尤其是不怎么买名牌的我，特地到一家名鞋店买了双黑色皮鞋，还认真地买了一件不太可能再穿第二次的套装，借了毕业服和方帽拍毕业照。

啊，真的要毕业了！

毕业典礼那天早上，剑桥市改头换面，变身为话剧舞台一样的魅力城市。哈佛在毕业典礼前一个月，就开始忙着种花种草，更换旗帜，准备迎接这一天的华丽的盛宴了。

穿着宽大的毕业服、戴着方帽的毕业生来来往往，衣着华丽的毕业生家人也手持大把花束来回穿梭。此情此景，让人有种穿越到中古世纪某座大学城的美好错觉。

要拿到哈佛毕业典礼的门票比登天还难。每名学生只给两张，如果谁手中有多余的门票，肯定会被大家一抢而空。因为有的学生家人搭了十几个小时的飞机来参加毕业典礼，再怎么说，也要尽力多争取一张门票给家人。

毕业生一大早就会聚集在各自所属的学院前拍照，然后再由管乐队带领着前往毕业典礼场地——哈佛园。配合着震耳欲聋的音乐声，长长的毕业生队伍鱼贯而行。剑桥市的交通几乎完全瘫痪，但警察除了等毕业生队伍走完外，别无他法。

颂歌乐起，典礼中穿插使用拉丁语，古典及宗教气息浓得不能再浓。

这一届共有5580名毕业生取得学位，这里面还有语言学者乔姆斯基、波士顿交响乐团指挥小泽征尔、日本作家大江健三郎等11人获得荣誉学位。

毕业学位演说由谁主讲一直是众所注目的大事，就连我去牙科看牙齿时，牙医也会好奇地问："今年毕业演说找的谁呀？"

阿玛迪亚·森，此届毕业演说的主讲人。虽然有些抱歉，但我不得不说实话：他的演讲真的很无聊——主讲内容是在教室里听过千百次的"全球化"，演讲情绪不充分，本来希望在毕业典礼上能听到一些可以当成一辈子的座右铭、值得牢记在心的勉励语，但竖起耳朵听了好久，还是一无所获。

不过也没几个学生注意毕业演讲的内容，大家都忙着拍照话别呢。

由于决定毕业后在哈佛多待一年，我得以感受不一样的哈佛。

剑桥市像突然进入了暮年一般，在毕业典礼结束后陷入过分的安静。看着空荡荡的校园，我大概知道为什么学校要建议学生尽早离开了——尽早离开的话就不会感觉到突然冷清，心情也会好受一点。现在，那些离人留下的寂寥，我只能一人独自承受。

同一个时间，同一个地点，有人离开，有人来。每一天都有车辆载着行李和曾经的哈佛学生驶离，但是不久之后，新一拨的暑修学生又会入住这里。另外，每一天的哈佛广场都会挤进好几辆大型观光巴士。在哈佛，不缺的就是仰慕和留恋。

也正是在毕业的这一年，我明白了朋友葛雷丝的那个比喻，她曾说："哈佛不单是所学校，它就像一条有着庞大分支的巨流。我在这里待了好几年，至今还没有完全了解哈佛这条河到底有多巨大。它拥有各种充裕的资源，不管你喜欢不喜欢它，都不重要。在这条大河里，每个人都各自学着游泳的方法。"

漫长的暑假里，在校园悠闲地散步是件快乐的事。我在露天咖啡馆碰到了一名还没有离校的毕业生，他是来自纽约的冰上曲棍球选手，原本要读其他学校，后来因哈佛的挖墙角来到这里。

"因为是哈佛叫我来，所以才改变心意。来哈佛是我一生中最正确的选择。在这四年里，我体验到世界上的多重可能性，而我也大概知道自己该往哪里去。这是我在哈佛收到的最好的礼物。"

在剑桥市，我最喜欢的地方就是查尔斯河边的纪念大道。

在这里我可以从哈佛沿着河边往波士顿市中心走去，可以一眼望尽市内的全景。那景象真是美极了。只要一有空，我就会开车沿着河边道路兜风。

我常在想，过去这一年里得到了什么？其实真正得到的并不是学校里传授的新知识，最大的收获是做了与以往全然不同的事，从中感受过不一样的新刺激。坦白讲，在哈佛读书虽然没有累到让人无法忍受的程度，也确实学到新的知识，可过了一学期也忘得差不多了。在这一点上，哈佛的学生和其他学校的学生没什么两样。

信息和知识都是要不断更新的东西，不是读一两年书就可以解决的。

僵硬的脑袋碰到新环境时，会引发强烈的"高原反应"。适应很辛苦。辛苦的事可以选择不做，不做就不会感到辛苦，但是如果无法忍受辛苦，就不可能再往前跨越一步。山的那头有些什么，只有挥汗越过山头的人才看得到。

在哈佛待了一年后，我开始用不同的角度审视自己。

以前的我只希望有所不同，希望变得更好，但却不知道，改变应该先从改变自己开始。每年都在同一块土地上播下相同的种子，用同样的方式耕种，然后奢望今年比往年更丰收，简直像个懒惰又贪心的农夫。

如果每年都种一样的农作物，久了地力就会逐渐耗损，导致收获减少，这时就要休耕或者转种其他作物，一直到地力恢复为止。用更具创意的生产方式开发既有的土地，其实比单纯地扩大占地更重要。

一定要尝试用不同的角度来看待同样的事物。只改变想法，并不会让结果有所不同。不同的结果是由行动及生活习惯的改变引起的。

我透过哈佛所看到的并不是"如何把书读好"或"如何成为一所好大学"，而是知道了"如何才能活得更好"。哈佛教我的第一件事，就是要认清自己，然后再思考自己想过什么样的生活，同时让我们练习应该如何努力达成愿望。世界上所有的人都无法和哈佛学生一样，而且根本无需一样，因为成功有各种不同的形态，最重要的是，要找出适合自己的方法。

努力也是需要练习的，尝试过的人才能知道如何努力，光有决心是不够的。成大事也一样，要先知道如何成就小事，这样才有可能成就大事。

　　在查尔斯河边慢跑时，我突然忍不住笑了出来——我在哈佛的大河里找到了适合自己的游泳方法。这是我在哈佛得到的比学位更重要的东西。现在我可以在更大的河里——不，甚至是风雨交加、惊险万分的海面上，安然游过。就算无法克服巨浪而被击退，只要我用自己认为对的方法尽力去做，那就够了。

　　啊哈，原来如此！毕业亦是开始，准备迈向新世界关卡的毕业就是一个好的开始。